Die Schule der Liebe

Bruno Eelbo

Die Schule der Liebe

Unveränderter Nachdruck der Originalausgabe.

1. Auflage 2022 | ISBN: 978-3-36845-322-0

Verlag: Outlook Verlag GmbH, Zeilweg 44, 60439 Frankfurt, Deutschland
Vertretungsberechtigt: E. Roepke, Zeilweg 44, 60439 Frankfurt, Deutschland
Druck: Books on Demand GmbH, In de Tarpen 42, 22848 Norderstedt, Deutschland

Die Schule der Liebe.

Ein lustig Spiel in Versen

in drei Aufzügen

von

Bruno Eelbo.

Druck von A. Hopfer in Burg.

Personen.

Messer Gino Blando, Professor an der Universität.
Don Testacrolta, Hauptmann, früher in spanischen Kriegsdiensten.
Donna Isabella, Messer Gino's Schwester.
Fiammetta }
Maria } Gino's Mündel.
Tebaldo }
Benvenuto } zwei junge Edelleute, Studierende der Universität.
Giovanni, Messer Gino's Diener.
Lisa, Isabella's Dienerin.
Eine alte Tabulettkrämerin.

Schauplatz: Bologna um die Mitte des 16. Jahrhunderts

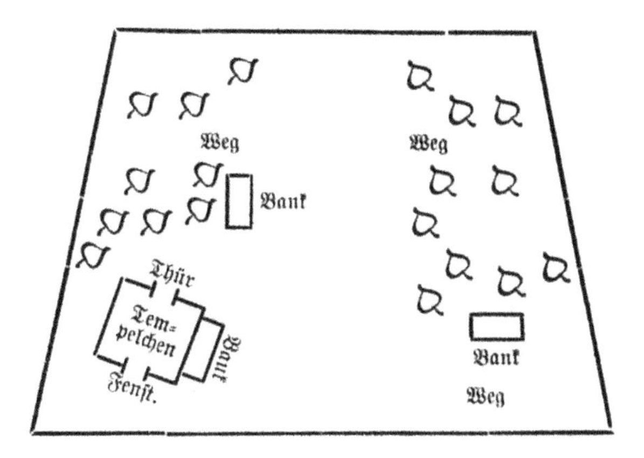

Das ganze Stück spielt in allen seinen Auftritten auf dem gleichen Schauplatze, einem öffentlichen Spaziergange in Bologna. Rechts im Vordergrunde ein Gartentempelchen, etwas schräg gestellt, mit einer Bank. Eine breite Mittelallee läßt die Aussicht auf eine schöne Landschaft im Hintergrunde frei. Auf beiden Seiten hohe Bäume. Links am Wege eine Bank, ebenso an der Mittelallee. — Rechts und links vom Schauspieler.

I. Aufzug.

I. Auftritt. Tebaldo und Benvenuto (kommen aus dem Hintergrunde).

Benvenuto.

Tebaldo, sag, wann endlich reisen wir?
Mich drängt es, von Bologna abzufahren.
Was hält Dich in den grauen Mauern hier,
Wo wir doch lang genug gefangen waren?
Schon sind es heute vierzehn lange Tage,
Daß ich mit dem Examen fertig bin,
Und täglich ziehst Du mich auf meine Frage

Mit schöngesetzten Redensarten hin.
Jetzt gieb mir endlich Antwort klar und knapp,
Sonst laß ich Dich allein und reise ab.

Tebaldo.

Bleib, Benvenuto, nur noch kurze Zeit,
Dann wollen wir nach Rom zusammen reisen.

Benvenuto.

Nein, Freund, jetzt gieb mir sicheren Bescheid,
Mit Worten laß ich mich nicht länger speisen.
Verändert bist Du, still, geheimnisvoll,
Daß ich nicht weiß, wie ich Dich nehmen soll.
Was hält Dich hier, mein Freund, vertrau mir's an!

Tebaldo.

Geschäfte, Freund, die ich nicht nennen kann.

Benvenuto.

Geschäfte? Dich Geschäfte? Sieh mich lachen!
Wann sah ich jemals Dich Geschäfte machen
Als solche nur, um Mammon Dir zu borgen!
Dich drücken sicher Manichäersorgen!
Sag, brauchst Du Geld? Soll ich Dir Vorschuß geben?

Tebaldo.

Nein, lieber Freund, es giebt im Menschenleben
Noch andre ernste Angelegenheiten,
Die Reisehindernisse uns bereiten
Und häufig nicht so glatt und so geschwind
Wie Geldgeschäfte abzuwickeln sind.

Benvenuto.

Das klingt wahrhaftig ernst und rätselhaft!
Gestehe, was Dir Kopfzerbrechen schafft!

Vielleicht gelingt es besser uns zu zweien,
Dich aus dem Sorgennetze zu befreien.

Tebaldo.

Nein, das Geheimnis ist besondrer Art
Kein Andrer darf davon erfahren.

Benvenuto.

Dem Freunde, der es treu bewahrt
Kannst Du es ruhig offenbaren.

Tebaldo.

Gedulde Dich, in höchstens vierzehn Tagen,
Wenn's sich entschieden hat, will ich's Dir sagen.

Benvenuto.

Was? Vierzehn Tag', zwei lange Wochen noch,
Soll ich hier warten in dem grauen Loch?
Ich glaub', ich sterbe noch vor langer Weile.

Tebaldo.

Ich bitt' Dich, Freund, um Ruhe und Vernunft!
Ich muß heut' Nachmittag in aller Eile
Zu meinem Oheim nach Verona reiten,
Bleib, bitte, bis zu meiner Wiederkunft!

Benvenuto.

Da wär's schon besser, gleich Dich zu begleiten.

Tebaldo.

Ich würde jetzt zur heißen Sommerzeit
Doch lieber in den kühlen Mauern bleiben,
Mit einem Buche mir die Zeit vertreiben.

Benvenuto.

Mit einem Buche? Bist Du nicht gescheidt?
Mir wird's schon schlecht, von Büchern nur zu hören —

Mein ganzes Innerstes will sich empören.
Mit all' der Wissenschaft, die ich erworben,
Hab' ich den Magen gründlich mir verdorben.

Tebaldo.

Wer so wie Du, dem geistigen Genuß
Unmäßig fröhnend, still gesessen
Und jahrelang der schönen Welt vergessen,
Den faßt des Wissens ekler Ueberdruß.
Vielleicht schafft irgend eine leichte Kunst,
Die sich erlernen läßt in wenig Tagen,
Dem abgehetzten Geist ein froh Behagen.
Du warst doch stets in Meister Gino's Gunst,
Des Hohenpriesters unsrer Almamater:
Ich würde dieses Schulorakel fragen.
Vielleicht erhältst Du einen guten Spruch
Und ein Rezept für Deinen Wissenskater.

Benvenuto.

Dein Rat ist gut, ich muß ihm Beifall zollen!
Ja, Meister Gino half mir oft genug,
Auf seinen Beistand darf ich sicher zählen,
Er wird mir eine frohe Kunst empfehlen!
Ich hätte lange schon ihm danken sollen
Für all' die Müh', die er in langen Jahren,
So lang ich hier studiert, mit mir gehabt.

Tebaldo.

Dort kommt des Meisters Diener angetrabt, —
Das trifft sich gut, da kannst Du gleich erfahren,
Ob heut' der hohe Herr zu sprechen ist.
Giovanni, he! Sag, ist Dein Herr zu Haus?

II. **Auftritt.** Tebaldo und Benvenuto. Giovanni (kommt von links)

Giovanni (mit verstellter Traurigkeit)

Mein Herr, — o Signor, daß Ihr das nicht wißt! —
Ist auf dem Friedhof! — Gehet nur hinaus!

Benvenuto (in großer Bestürzung)

Was? Tot? Der Meister tot und schon begraben?
Daß wir das nicht zur Zeit erfahren haben!

Tebaldo.

Mein Gott, gestorben in so kurzer Frist!

Giovanni (erstaunt, Tebaldo an den Arm greifend)

Ist's denn auch wahr?

Tebaldo.

Du hast es selbst verkündigt! —

Giovanni.

Was? Ich, Signori, hätt' mich so versündigt?
Ich hab' so etwas sicher nicht gesagt,
Ihr seid's gewesen, die den Tod beklagt.

Benvenuto.

Hast Du uns nicht gesagt, im Grabe läg' Dein Herr?

Giovanni.

Ich sagte, daß er auf dem Friedhof wär!

Tebaldo.

Wie sollen wir Dich anders denn verstehen?

Giovanni.

Er ist gewohnt, dorthin zu gehen
Zu gleicher Stunde pünklich jeden Tag,
Ob's regnen oder schneien mag,
Den gleichen Weg durch Feld und Hag,
Und ist um 9 Uhr mit dem Glockenschlag

Und abends, eh' die Sonne niedergeht,
Hier auf der Stelle, wo Ihr Herren steht.

Benvenuto.

Giovanni, weißt Du, ob es ihm behagt,
Wenn jemand hier ihn anzureden wagt?

Giovanni.

Zu Hause darf man ihn nicht stören,
Doch sitzt er hier oft stundenlang,
Wenn's seine Zeit erlaubt, auf einer Bank
Und pflegt den Freunden zuzuhören.
Er glaubt sich hier in seinem eignen Garten.

Benvenuto.

Dann will ich heut' den Meister hier erwarten —
Noch eine halbe Stunde hab' ich Zeit.
Ein kleiner Marsch im Park könnt' uns nicht schaden.
Giovanni, hier! Nimm diese Kleinigkeit!

Giovanni (mit tiefer Verbeugung)

Ich küß' die Hand in Demut Euer Gnaden!

Tebaldo.

Doch ich will fort zur Stadt in größter Eil',
Muß packen und noch mancherlei erfragen.
Leb' wohl, vergnüge Dich auf gute Art derweil!
Auf frohes Wiedersehn in wenig Tagen!

Benvenuto.

Leb' wohl, Tebaldo! (Giovanni begleitet Benvenuto mit komischer Würde bis zum nächsten Seitenpfad und kehrt dann zurück. Tebaldo ist hinter dem nächsten Strauch stehen geblieben und ruft Giovanni zu sich heran.)

III. Auftritt. Tebaldo und Giovanni.

Tebaldo.

Giovanni, Giovanni, empfingst Du Bescheid?

Giovanni (einen Brief überreichend)

Signore, geschwind, ich bring' einen Brief!

Tebaldo (hastig lesend)

Sie kommt, o sie kommt! — Na, da war's aber Zeit,
Daß mein Freund sich empfahl, sonst ging es noch schief!

Giovanni.

Das war ein Stück Arbeit! — Das war eine Hatz!
Das glückt mir gewiß nur ein einziges Mal!
Die Alte saß drinn' mit den Damen im Saal
Wie ein giftiger Drache beim goldenen Schatz.
Ach, die Frau ist so schlau! Wie sollt' es gelingen,
Dem Fräulein die eilige Botschaft zu bringen!
Da sitzt eine lebende Maus in der Falle!
Ich nehme das Tierchen ganz zierlich und sacht
Und jag's durch die Spalte der Thür in die Halle.
War das ein Gekreische! Wie hab' ich gelacht!
Die Alte — o Dio — wie konnte die hüpfen
Und die seidenen Röcke reffen und lüpfen —
Schwupps saßen die Damen mit Lachen und Weinen
Auf den Stühlen mit angezogenen Beinen.
Und nun hinein und die lustige Jagd
Ueber Stühle, Tische und Schränke gemacht
Und den Brief abgegeben und den neuen empfangen —
Noch lachend bin ich hierher gegangen.

Tebaldo.

Großartig, Giovanni! Ja, wäre ich reich,
Für den Spaß gäb' ich hundert Dukaten Dir gleich,
Doch da ich ein armer Junker nur bin
Und die wenigen Soldi brauche zur Reise,
Nimm hier als Dank den falschen Scudo hin —

Er diente mir in allbekannter Weise:
War ich am Monatsschlusse abgebrannt,
Dann schaffte mir der Scudo Trank und Speise.
In manchem Wirtshaus, wo ich nicht bekannt,
Gab ich ihn hin, die Zeche auszugleichen,
Doch sagt' ich gleich dabei, nach sichern Zeichen
Erschiene mir die Münze falsch zu sein.
Dann freute man sich meiner Ehrlichkeit
Und räumte willig einen Pump mir ein.
Jetzt ging zu Ende meine Studienzeit,
Ich hab' ihn nicht mehr nötig — er sei Dein!
Du wirst ihn irgendwo schon unterbringen!

Giovanni.

Ich danke! — Sicher wird mir das gelingen. (Nach links hinausschauend)
Dort kommt das Fräulein, seht!

Tebaldo.

Doch nicht allein,
Das Kammerkätzchen scheint dabei zu sein.

Giovanni.

Das soll Euch mit dem Fräulein nicht genieren,
Ich werde mit der Lisa karessieren.

Tebaldo.

Du bist ein braver Kerl! Sieh, wie die Mädchen rennen!

Giovanni.

Nicht ohne Grund! — Flieht, Kinder, flieht! —
Könnt Ihr den Herrn dort hinten nicht erkennen?
Kommt hintern Busch, daß er uns hier nicht sieht. —
Wie hitzig er sie einzuholen strebt
Und wie ein Storch die langen Beine hebt!

Tebaldo.

Don Testaccolta ist's! — Hol' ihn die Pestilenz!
Macht der mir bei Fiammetta Konkurrenz?

IV. Auftritt. Tebaldo, Giovanni, Fiammetta und Lisa
(in großer Eile von links kommend).
Tebaldo begrüßt Fiammetta mit Handkuß und führt sie nach rechts, während Giovanni Lisa umarmt und kichernd mit ihr links hinter dem Busch bleibt.

Tebaldo.

Fiammetta, Liebste, wie erhitzt Du bist,
Und wie erschöpft vom gar zu schnellen Lauf!

Fiammetta.

Der Kapitano, dieser Renommist,
Kommt hinter uns sogleich den Weg herauf.
Er rief uns an und lief dann hinterher —
Uns bleibt nur eine flüchtige Sekunde.
Sag schnell, Tebaldo, was ist Dein Begehr
Zu dieser ungewohnten, frühen Stunde?

Tebaldo.

Ich wollt' Dir klagen, daß ich reisen muß!
Ich komme wieder erst in ein'gen Tagen.
Dich sehen wollte ich zum Abschiedskuß,
Ein traurig Lebewohl muß ich Dir sagen.

Fiammetta.

Wohin? Warum? Was ist denn nur geschehen?
Sag schnell, der Kapitän wird uns vertreiben.

Tebaldo.

Heut' früh kam aus Verona mir ein Schreiben —
Mein Oheim stirbt — er wünscht mich noch zu sehen.

Fiammetta.

O weh, Tebaldo, muß der Arme sterben?

Tebaldo.

Er ist sehr reich, und ich soll ihn beerben.
Er liebte mich, der gute, alte Mann —
Jetzt faßt es mich gar schmerzlich an,
Daß keine Lieb' ich ihm mehr zeigen kann.

Giovanni.

Geschwind, der Kapitän wird gleich erscheinen.

Lisa.

Fort, fort! Ich hör' ihn schnaufen.
Madonna, laßt uns laufen! —

Fiammetta.

Lebwohl, Tebaldo, mir ist bang zum Weinen!

Tebaldo.

Lebwohl, mein Lieb! — Ich schreib' in wenig Tagen,
Giovanni wird das Brieflein zu Dir tragen.
(Er küßt ihr die Hände — dann Fiammetta und Lisa eilig nach dem Hintergrunde ab — Tebaldo nach rechts.)

V. **Auftritt.** Giovanni. (bleibt im Vordergrunde und begrüßt den ankommenden Don Testaccolta unterwürfig.)

Testaccolta.

Giovanni, ging das Fräulein hier vorbei?

Giovanni.

Das Fräulein? Nein, es waren ihrer zwei.

Testaccolta.

Das Fräulein mein' ich, Deines Meisters Mündel.

Giovanni.

Verzeiht, wie sagtet Ihr? Mit meines Meisters Bündel?

Testaccolta. (geht weiter)

Ach geh, Hanswurst, daß Dich der Teufel hol'!

Giovanni (ihm nachrufend).

Ihr meint Fiammetta und die Lisa wohl?

Testaccolta (stehen bleibend).

Ja, sag mir, welchen Weg hat sie genommen?

Giovanni.

Herr Kapitän, ich hört' das Fräulein kommen —
Darf ich Euch etwas sagen ganz bescheiden?
Ich glaub' bestimmt, das Fräulein mag Euch leiden.

Testaccolta (zurückkommend).

Eh, eh! — Ich wußt es längst — wie hast Du es entdeckt?

Giovanni.

Ich stand dort hinterm Fliederbusch versteckt,
Und dicht daneben blieb Fiammetta stehen,
Um lachend hier nach Euch sich umzudrehen,
Da hört' ich deutlich sie zur Lisa sagen:
Sahst Du den schönen, weißen Spitzenkragen?
Es ständ' ihm gut, wollt' er ihn steifer tragen.

Testaccolta.

Na ja, das stimmt! Daran ist nicht zu klügeln,
Er wird nur höllisch teuer dann zu bügeln.

Giovanni.

Und weiter hört' ich: Wie er rufen kann!
So laut und dröhnend wie ein Feldhauptmann.

Testaccolta.

Eh, eh — ha, ha! Verflixte, kleine Maus!
Um mich zu necken riß das Mädel aus!

Giovanni.

Sieh nur, wie stolz und würdevoll sein Gang,
Und wie die Beine schöngeformt und schlank!
Und nur die Strümpfe find' ich zu bescheiden!
Ich wollt', er trüge sie aus roter Seiden.

Testaccolta.

Rotseid'ne Strümpfe, sapperment, nicht schlecht! —
Was sagt sie sonst noch? Ueberleg' Dir's recht?

Giovanni.

Wenn ich's noch wüßt'! Es klang wie ein Geständnis —
Wie war es doch! — Daß ich mich recht besinn! —
Sie seufzte so! —

Testaccolta.

Hier nimm den Scudo hin,
Vielleicht erleichtert er ein bischen Dein Bekenntnis,

Giovanni (vertauscht den Scudo mit Tebaldo's falschem, beißt darauf und schlägt mit einem Schlüssel dran).
Verzeiht mir, Herr, der Scudo ist von Zinn,
Ist falsch; da scheint Ihr angeführt zu sein.

Testaccolta.

Zeig her, da schlag ein Donnerwetter drein!
Dann nimm hier diesen, der ist ohne Tadel!

Giovanni.

Ja, ja, der klingt, der ist von echtem Adel!
Doch, Herr, ich bitte, schenkt mir auch den andern.

Testaccolta.

Den falschen?

Giovanni.

Ja, ich laß ihn weiter wandern.

Testaccolta.

Eh, eh — na ja! — Doch nun besinn Dich doch!
Ich weiß, die Kleine hat mich wirklich gern,
Seit Wochen himmelt sie mich an von fern.
Was sagte sie? Vielleicht fällt Dir's noch ein.

Giovanni.

Mir wird so dumm! Mein Kopf ist wie ein Loch!
Von Liebe klang's! — Es schien ein Vers zu sein.

Testaccolta.

Von Liebe klang's? — Genug! Die Versedufelei
Ist, Gott sei dank, schon lang bei mir vorbei. —
Nun sag, wo ist das Fräulein hingegangen?

Giovanni.

Nach San Petronio, wie alle Morgen.

Testaccolta.

Zur Messe? Na, da werd' ich sie schon fangen. —
Du bist doch schlauer, als ich mir gedacht!
Giovanni, wenn das Ding sich weiter macht,
Kannst Du mir nächstens einen Brief besorgen.

Giovanni (mit tiefer Verbeugung)

Die größte Ehre setz' ich drein,
Zu Euer Gnaden Dienst bereit zu sein! (für sich, nachdem Testaccolta sich entfernt)
Ja, stets bereit, Dich alten Gecken
Bei Tag und Nacht zu zwiebeln und zu necken! (Von einem Kirchturm wird die neunte Stunde geschlagen)
Wo bleibt der Herr? Schon neune schlägt die Uhr!

VI. Auftritt. (Giovanni, Messer Gino und Benvenuto.)

Gino (hinter der Scene)

Giovanni!

Giovanni.

Hier, Messer Gino, hier! Wo bleibt Ihr nur?

Messer Gino (kommt von links mit Benvenuto, trägt einen Feldblumenstrauß, den er Giovanni übergiebt)

Verzeiht, Herr Benvenuto, einen Augenblick!

Giovanni, nimm den Strauß und laufe schnell:
Er wird schon welk, erfrische ihn am Quell!
Wenn meine Schwester kommt, bring ihn zurück! (Giovanni mit dem Strauß ab.)
Bescheid'ne Blumen, ohne Kunst gewunden,
Wie ich sie duftend frisch am Weg gefunden —
Nichts Schön'res giebt es als solch bunten Strauß.
Ich bracht' ihn meiner Mutter oft nach Haus —
Dann pflegte sie mich dankend anzuschauen
Mit frohen Augen, ach, so sanften, blauen! —
Ich kenne nur ein einzig Augenpaar
Von ähnlich tiefem Blau, und sonderbar,
Wenn meine Blicke sich hinein versenken,
Muß ich an meiner Mutter Augen denken. —
Ein altes Ritornell liegt mir im Sinn,
Das heute noch vom Weinberg weich erklingt,
Wenn still die Welt im Abendgold versinkt —
Ich summ' es träumend häufig vor mich hin.
Es ist auch eine Blume selt'ner Art,
Gepflückt am Weg auf ferner Wanderfahrt,
Hört, wie es klingt so sehnsuchtsvoll und zart:
„Blaue Cyanen!"
„Ihr Augen, mild und blau, seid meine Sonne —"
„Ihr leuchtet mir aus lichten Himmelsbahnen!"
Verzeiht, mein Freund, die längere Betrachtung!
Nehmt es als wahres Zeichen meiner Achtung,
Wenn ich heut' in des Herzens Drang,
Frei von der Schule kaltem Zwang,
Von zarten Dingen Euch erzähle,
Die ich sonst Fremden streng verhehle.

Doch, Benvenuto, gern will ich gestehen:
Ihr seid mir lieb! — Ihr habt mir unter allen
Den jungen Leuten doch zumeist gefallen.
Es thut mir leid, seh' ich Euch heute gehen.
Allein, was hilft's! — Eu'r Schifflein liegt beladen;
Die Anker hoch! — Setzt Segel bei geschwind!
Bringt die Fregatte vor den Wind!
Hoiho! — Hinaus zu sonnigen Gestaden!

Benvenuto.

O wüßtet Ihr, wie ich Euch dankbar bin
Für den empfang'nen Reichtum Eurer Lehre,
Wie ich im tiefsten Herzen Euch verehre!
Doch schätz' ich als den herrlichsten Gewinn
Der mir erwies'nen Neigung köstlich Gut.
Auf diese Güte bauend, find' ich Mut,
Euch heut' um Rat und Beistand anzugehen.

Gino.

Was ich vermag, mein Freund, soll gern geschehen.

Benvenuto.

Mein Freund Tebaldo gab mir sein Versprechen,
Sogleich nach abgeschlossenem Examen
Nach Rom mit mir zusammen aufzubrechen —
Er schwor es mir bei aller Heil'gen Namen.
Jedoch Geschäfte, sehr geheimnisvolle,
Verhindern ihn. — Er löst sein Wort nicht ein,
Und bat mich heute, daß ich warten solle:
In vierzehn Tagen hoff' er, frei zu sein.
Nun sind mir schon die letzten beiden Wochen
In grauer Langeweile hingekrochen —
O es ist schrecklich: so allein und müßig,

Denn — ach — der Bücher bin ich überdrüssig!
Nun bitt' ich, gebt mir einen Fingerzeig!
Ihr seid so klug und an Erfahrung reich —
Was soll ich thun in dieser Wartezeit?
Lehrt eine Kunst mich, eine Thätigkeit —
Was es auch sei, es gilt mir gleich —
Um dieser langen Weile zu entgehen!

Gino.

Mein Benvenuto, ich kann Euch verstehen!
In stiller Arbeit, eitler Lust entfernt,
Habt Ihr die Kunst des Müßiggangs verlernt.
Ihr wart zu ernst der Studien beflissen,
Habt jahrelang Euch aus der Welt verbannt —
Der Rückschlag kommt: jetzt ekelt Euch das Wissen,
Und rings das Leben ist Euch unbekannt.
Nur frisch hinein! Ihr dürft es kühnlich wagen!
Was es Euch bietet, sei Euch unverwehrt!
Es kommt die Zeit schon, wo Ihr voll Behagen
Zurück zu Euern alten Büchern kehrt.

Benvenuto.

An Kraft und Mut verspür' ich Ueberfluß,
O sagt mir, Meister, wie ich's machen muß.
Ob ich gleich redlich mich befleißigt habe,
Ich blieb dabei ein armer, dummer Knabe.

Gino.

Mein Benvenuto, sagt, wie alt Ihr seid!

Benvenuto.

Im nächsten Monat werd' ich drei und zwanzig.

Gino.

So alt, o Wunder, und noch nicht gescheidt?

Ihr sagt es selbst, Ihr wärt der reine Thor!
Na, Unschuld wird nicht wie die Butter ranzig —
Ein armer Wicht, der sie zu früh verlor.
Der reine Thor mit drei und zwanzig Jahren!
Unglaublich scheint's! Ich möcht' wohl mehr erfahren.
O sagt mir, Benvenuto, habt Ihr nimmer,
So lang Ihr in Bologna hier studiert,
Im Uebermut umarmt ein Frauenzimmer?

Benvenuto.

O nein!

Gino.

Nie eines Mädchens Mund berührt?

Benvenuto.

O nein!

Gino.

Und nie geküßt im Freundeskreis
Die roten Lippen einer kecken Hebe?

Benvenuto.

Nein, lieber Meister, nie! So wahr ich lebe!
Bedenkt, Ihr lobtet selbst oft meinen Fleiß,
Nie hatt' ich Zeit zu solchen Zechgelagen.

Gino.

Doch nun gesteht! Wie war's in frühern Tagen,
Daheim, eh' Ihr hierher gekommen seid?
Im Dorf hat jeder Bursche seinen Schatz!
Ich wett', Ihr kanntet jeden Schürzenlatz
Und habt mit manchem Kind zur Frühlingszeit
Geschnäbelt unter blühendem Hollunder.

Benvenuto.

Nie, Meister, nie!

Gino.

O Wunder über Wunder!
Ja, nun begreif' ich wohl, weshalb die Erde
Euch alt und grau und ohne Reiz erschien!
Daß sie Euch schnell zum Paradiese werde,
Bedarf's der Liebe nur, der Zauberin.
Sie wird die Fesseln lösen, die Euch lähmen,
Das Netz zerreißen, das Euch niederhält,
Wird Euch die Binde von den Augen nehmen,
Daß Ihr berauscht und selig jauchzt: O schöne Welt!

Benvenuto.

O Meister, helft mir, laßt mich nicht verzagen,
Jetzt, da Ihr mir die Rettung halb gezeigt.

Gino.

Ich weiß nicht, Benvenuto, soll ich's wagen?
Den Sinn erwecken, der so lange schweigt? —
Euch leitend, kann ich Euch vielleicht bewahren
Als treuer Freund vor drohenden Gefahren. —
Wie leicht wird oft ein schöner Bund gestiftet
In jungen Herzen, rein vom Rost der Welt!
Wie leicht die junge Herrlichkeit vergiftet,
Wenn sie dem Laster in die Arme fällt!
Ihr, Benvenuto, steht am Scheideweg,
Noch seid Ihr jung und rein und — o — wie reich:
Der Sturm bricht los, und wenn er Euch zerbräch' —
Mein lieber Freund, es wäre schad' um Euch!

Benvenuto.

Ich bitt' Euch, gönnt mir Euern Unterricht!

Gino.

Nun wohl, es sei! — Ein Meister bin ich nicht

In dieser schönen aber schweren Kunst der Liebe,
Doch theoretisch und auch praktisch wohl erfahren,
Um Euch in diesem Strudel dunkler Triebe
Vor schlimmstem Irrtum sicher zu bewahren.

Benvenuto.

Nehmt meinen Dank! — Ich will mich treu bestreben,
Durch Fleiß mir Euern Beifall zu gewinnen.

Gino.

Ihr werdet selbst die größte Freud' erleben! —
Nun horchet auf! — Wir wollen gleich beginnen:
Um diese Zeit könnt Ihr Bologna's Frauen
Zur Morgenandacht in den Kirchen schauen.
Geht hin und schaut! — Mit dieser leichten Pflicht
Beginnt der Liebe erster Unterricht.
Laßt Euch nicht lange im Gedränge halten,
Vertraut getrost dem regen Schönheitssinn!
Er führt Euch durch die Menge der Gestalten
Bald zu der Frauen selt'nen Perlen hin.
Seht dort das stille Engelsangesicht,
So lieblich mit den Augen der Madonne!
Und dort die Königliche, hehr und licht,
Mit klugen, klaren Augen voller Sonne! —
Mein Freund, nur ruhig! Wählet mit Bedacht:
Seht, wie das kecke Grübchenantlitz lacht!
Und dort die Ueberschlanke, Bleiche, Reine,
Der Lilie sieht sie gleich im Mondenscheine! —
Einst — aber einst begegnet Ihr der Einen,
Ob heut', ob morgen — sucht nur mit Geduld:
Wie überirdisch wird sie Euch erscheinen,
Ein Bild der Anmut und der höchsten Huld.

Ihr merkt es an des Herzens wilden Schlägen:
Sie ist's! — Ein Zauber ist mit Euch geschehn! —
All', was Ihr habt und seid, fliegt ihr entgegen! —
Ihr wagt verzagt, die Holde anzusehn,
Bis sie magnetisch Euerm Blick begegnet —
Es muß ein wunderbar Geheimnis sein:
Denn Euer Blick, mit Himmelskraft gesegnet,
Dringt wie ein Blitzstrahl ihr ins Herz hinein.
Nun fühlt Ihr ihren Blick herüberwandern:
Ein hold verschämtes Seelenspiel beginnt,
Der Welt entrückt, von einem Aug' zum andern —
Der Funken hat gezündet! — Ihr gewinnt! —
Nun mögt Ihr wohl verstohlen näher rücken:
Sie fühlt Euch nahen und — o welch' Entzücken —
Sie neigt verschämt errötend ihr Gesicht.
Jetzt dürfet Ihr der süßen Stimme lauschen,
Wenn flüsternd sie mit der Duenna spricht,
Im Dufte ihrer Locken Euch berauschen —
Vielleicht beim Fortgehn im Gedränge dicht
Den Saum des Schleiers an die Lippen drücken —
Vielleicht, o hohes Glück, dürft Ihr Euch bücken
Nach ihrem Fächer, plötzlich ihr entglitten —
Vielleicht könnt Ihr mit schüchtern heißen Bitten,
Ihn überreichend, tief in's Aug' ihr blicken,
Durch Zufall ihre kleine Hand berühren —
Vielleicht wird Euch ein leiser Druck zum Lohn —
Vielleicht — vielleicht — nun, mög' ein Gott Euch führen!
Genug sei's für die erste Lektion!

Benvenuto.

Dank, Meister, Dank! — Ich werde nichts vergessen! —

Hab' ich doch fleißig im Kolleg gesessen:
So schöne Worte hab' ich nie vernommen!
Ein solcher Vortrag würde Allen frommen,
O glaubt mir, ganz Bologna würde kommen!

Gino.

Die Kunst der Liebe ward noch nie gelehrt
Vor einem großen Auditorium —
Die alte Uebung hat sich stets bewährt
Von Mund zu Mund im Privatissimum. —
Doch nun versäumt die schöne Stunde nicht!
Lebt wohl, mein Freund! Beherzigt meine Lehren!
Bald hoff' ich, Günstiges von Euch zu hören,
Dann fahr' ich fort mit meinem Unterricht.

Benvenuto.

Lebt wohl! Ihr wecktet mich zu neuem Leben,
Ein Zauber ist schon jetzt mit mir geschehen.
Nun mög' der Himmel seinen Segen geben,
Daß mir's gelingt, die Herrliche zu sehen! (durch die Mitte ab)

VII. **Auftritt.** (Gino, Giovanni, dann Isabella und Maria.)

Gino.

Giovanni! He! —

Giovanni (hinter der Scene).

Ja, Messer Gino, ja!

Gino.

Den Strauß, den Strauß! Die Frauen sind ganz nah!

Giovanni (in Eile kommend).

Hier, Messer Gino, seht, ich bin schon da! (Isabella und Maria kommen von links)

Gino (begrüßt zuerst seine Schwester).

Buon giorno, Bella mia! Lang' laßt Ihr mich warten!

Isabella.

Ach, Gino, mach doch keine Redensarten!
Dir ist doch an Maria nur gelegen;
Wann hast Du je gewartet meinetwegen?
Auch mit der süßen Bella sicherlich
Meinst Du Dein liebes Mündel, und nicht mich.
Bei mir, der alten Jungfer, ist das überflüssig —
Ich bin der Süßigkeiten überdrüssig.

Maria (hat Gino freundlich begrüßt. Gino küßt sie auf die Stirn und schaut ihr in die Augen)

O liebes Onkelchen, wie ich mich freue,
Daß wir noch glücklich Euch hier abgefangen!

Gino.

Aus Deinen Augen lacht des Himmels Bläue,
Und rote Rosen blüh'n auf Deinen Wangen —
Du gleichst, Maria, einem Frühlingsmorgen,
Und Dich umweht's wie frischer Blumen Duft!

Isabella.

Jawohl, ein Grasgeruch erfüllt die Luft!
Es muß wohl jenes Unkrautbündel sein:
Habt Ihr für eine Ziege jetzt zu sorgen?
Ihr richtet eine Milchwirtschaft wohl ein?
Für welches Vieh, Giovanni, ist das Zeug?

Giovanni (mit respektvoller Verbeugung).

Der Strauß, Madonna, war bestimmt für Euch!

Isabella.

O diese Unverschämtheit ohnegleichen!

Gino (lachend).

Da hat er Dir die Wahrheit nur gesagt:
Ich wollte Dir die Blumen überreichen.
Doch, da der Strauß so wenig Dir behagt,
Sag mir, Maria, darf ich Dir ihn bieten?

Maria.

Wie gut Ihr seid! Der wundervolle Strauß!
Wie ich sie liebe, diese zarten Blüten!
Doch wer bringt mir den großen Strauß nach Haus?

Isabella.

Wir mieten schleunigst einen Erntewagen!
Doch stell' ihn, zu der Nasennerven Schonung,
Um Himmelswillen, nicht in unsre Wohnung!

Maria.

O Tantchen, nein, da dürft Ihr ruhig sein!
Ich bring' ihn in mein eigen Kämmerlein.

Gino.

Giovanni wird ihn gleich hinübertragen. (Giovanni ab.)

Isabella.

Doch nun, mein Kind, mußt Du zur Kirche fort!

Maria.

Ihr wollt nicht mit?

Isabella.

Nein, heute geh' allein!
Fiammetta ist zur Stadt, doch sicherlich
Triffst Du dort Lisa; sie erwartet Dich!
Ich red' mit meinem Bruder noch ein Wort.

Maria.

Lebt wohl denn! Onkelchen, ich bitt' Euch schön;
Ihr laßt Euch abends lang schon nicht mehr sehn.

Habt Ihr Fiammetta und auch mich vergessen?
Giovanni sagt, Ihr hättet jede Nacht
Auf Eurer Himmelswarte still gesessen.
Wir Mädchen haben uns nach Euch gesehnt
Und alle Abende uns müd' gegähnt.
Wie lang ist's her, daß wir nicht mehr gelacht! —
Ach, Onkel, Ihr wißt doch so herrlich zu erzählen.

Gino.

Heut' Abend sollst Du über mich befehlen!
Ich komm', mein Kind, und lache mit Euch beiden.
Lebwohl und schließ mich ein in Dein Gebet!

Maria.

Es wär nicht recht, wenn ich's nicht immer thät!
Auf Wiederseh'n! (Maria ab durch die Mitte.)

Isabella.

Nun seht den alten Heiden,
Wie schnell der fromm geworden ist!
Mich soll's nicht wundern, wenn sie's noch erreichte,
Dich ketzerischen Hexenmeister
Fromm zu bekehr'n zur Ohrenbeichte.
Und täglich wird das Mädchen dreister:
„Lieb' Onkelchen!“ Und schmeichelt, herzt und küßt!
Und er dann: „Schließ mich ein in Dein Gebet!“
Nein, wer das je geahnet hätt'!

Gino.

Darf so ein rein unschuldig Kind
Sein volles Herz, all' was es fühlt und denkt,
Im brünstigen Gebet nicht offenbaren?

Isabella.

Was, Meister Gino, bist Du völlig blind?

Ein Kind, ein reines Kind von achtzehn Jahren?
Wie seid Ihr klugen Männer doch beschränkt!
Ihr ahnt es nicht, so viel Ihr wißt,
Wie schlau ein Kind von achtzehn Jahren ist!
Bis so ein kleines Schmeichelkätzchen
Mit süßen, unschuldsvollen Schmätzchen
Euch alten Knaben dann zuletzt
Das Füßchen auf den Nacken setzt.
Und wie Ihr gleich dem Kater spinnt,
Wenn so ein rein unschuldig Kind
Euch zärtlich leis die Haare kraut
Und lieb Euch in die Augen schaut,
Dann stammelt Ihr von Himmelsluft,
Von Frühlingsmorgen und Blumenduft.

Gino.

Hör' auf! Ganz unerträglich ist Dein Knarren!
Ich weiß, Du warst dem Mädchen niemals hold.

Isabella.

Das reine Kind macht Dich noch ganz zum Narren!
Das ist es, was ich sagen wollt'.
Bist Du ein Vormund? Nein, ein alter Geck
Mit Ach und Oh und zärtlichem Gethu'!
Was hat dies Schmachten denn für einen Zweck?
Vergebens frag' ich mich, warum, wozu?

Gino.

Ich hab' es satt! Es ist nicht zu ertragen!
Du sollst nicht wieder Dich vergebens fragen. —
Als unsre gute Mutter war gestorben,
Hab' ich Dich Arme in mein Haus genommen —

Isabella (unterbrechend).

Aus innigem Erbarmen nur bin ich gekommen;
Du wärst ja ohne mich schon längst verdorben.

Gino (ruhig fortfahrend).

Es war nicht klug! Ich hab' es tief betrauert!
Zur Hölle hab' ich mir mein Haus gemacht!

Isabella (unterbrechend).

Hübsch ist es, wie der Teufel selbst bedauert,
Daß er mich um mein Lebensglück gebracht,
Denn ich war jung und schön —

Gino (aufgeregt).

Jetzt rede ich!

Isabella.

Das alte Lied! Der wahre Wüterich!
Nicht wer gescheidt, gewinnt den Streit,
Doch wer zur Zeit am stärksten schreit!

Gino (laut und aufgeregt).

Ja, ja! Dein böser Mund, Gott sei's geklagt,
Hat mich zum eignen Haus hinaus gejagt
In meine enge, stille Bücherzelle —

Isabella (unterbrechend).

Wie schrecklich! Ach! Und ich an Deiner Stelle
Genieße das Vergnügen mit Frohlocken
Als Schutzgeist bei dem Mündelpaar zu hocken!
Jetzt magst Du Deine Gänschen selber weiden!

Gino.

Du willst es? Gut! Ich sorge für die beiden
Und leiste gern Verzicht auf Deinen Beirat:
Das Beste für die Mädchen ist die Heirat!
Du sagst ja selbst, Maria sei so schlau:

Sie giebt gewiß die nettste kleine Frau.
Ich kenne Einen, den sie ehrt und liebt,
Und der für sie sein rotes Herzblut giebt —
Ein Mann, bei dem es heißt: Jetzt oder nie!
Na, kurz und gut: Ich selber nehme sie!

Isabella (mit lautem Schrei).

Ach, mir wird's schlecht!

Gino.

Es giebt hier keine Stühle,
Ich kann Dir eine Ohnmacht nicht empfehlen!

Isabella.

Hinweg, Du Scheusal, ohne Schamgefühle!

Gino.

So ist es recht! Beginne nur zu schmälen!
Das wird Dir sicher bald Erleicht'rung schaffen.

Isabella.

Seht diesen Menschen, der zum Sternegaffen
Die Nächte nötig hat Jahr aus, Jahr ein,
Der will ein Kind von achtzehn Jahren frei'n!

Gino.

Und Du, mein Bellchen, magst im Klosterfrieden
Die Ruhe finden, die auch uns beschieden,
Wenn Du uns meidest durch des Himmels Gnade!

Isabella (in voller Wut).

Du Heringsseele, trockne Büchermade
Kommst nicht in's Kloster, doch in's Narrenhaus —
(Testaccolta erscheint im Hintergrunde in roten Strümpfen).
Da kommt der andre ausgeblas'ne Kopf,
Der Vetter Testaccolta, dieser Tropf!
Für den ist die Fiammetta wohl bestimmt?

Gino.

Gewiß, mein Bellchen, wenn sie ihn nur nimmt!
Du wirst mir krank, hörst Du jetzt auf zu schimpfen.

Isabella.

Seht den Hanswurst, den Storch in roten Strümpfen!
Dem grauen Kopf auf steifer Kragenschüssel
Fehlt, meiner Seel, nur die Citron' im Rüssel!
Und wie entzückt und süß er um sich blickt!
Laßt mich in Ruh! Ihr beiden seid verrückt!
Verrückt, — verrückt! (In großer Aufregung ab nach links).

VIII. **Auftritt.** Gino und Testaccolta.

Testaccolta.

Was war's?

Gino.

Ein kleiner Meinungsunterschied
Nur — in Familienangelegenheiten.

Testaccolta.

Man könnt sich fürchten, wenn man sie so sieht.

Gino.

Du weißt, sie hat auch ihre guten Seiten.

Testaccolta.

Wenn ich so denk', wie hübsch sie war vor Jahren —

Gino.

Du meinst die Zeit, wo sie den Korb Dir gab?

Testaccolta.

Den Korb?

Gino.

Na ja, es ist Dir wohl entfahren?

Testaccolta.

Hm — ich bin froh, daß ich sie jetzt nicht hab' —
Und doch, sie war ein kluges Frauenzimmer.

Gino.

O lieber Vetter, das ist sie noch immer!

Testaccolta.

Heut' will sie mir so eulengleich erscheinen!

Gino.

Dich nennt sie einen Storch mit roten Beinen.

Testaccolta.

Na, sie ist alt! — Ich hab' mich jung erhalten.

Gino.

Ja, ja — bis auf die Runzeln und die Falten.

Testaccolta.

Ich werd' im Herbste zwei und vierzig Jahr.

Gino.

Was? Zweiundvierzig? — Das ist sonderbar!
Du warst vor Jahren älter doch als ich,
Und ich bin sechsundvierzig

Testaccolta.

Sicherlich!
Ja, früher bin ich wohl als Du geboren,
Doch hab' ich mir fünf Jahre gutgeschrieben,
Die ich in Deutschland lebte eingefroren —
Auf diese Weise bin ich jung geblieben.
Jetzt wär' es Zeit, — wo man noch jung und frisch —
Daß man ein junges, nettes Weibchen nähm,
Sonst wird man schließlich gar zu wählerisch
Und, Vetter, wie ich fürchte, zu bequem.

Gino.

Ja, willst Du lang Dich jung bewahren,
Nimm Keine Dir mit grauen Haaren.

Testaccolta.

Und Keine, arm wie eine Kirchenmaus —
Mit vollem Beutel hält sich besser Haus.

Gino.

Auch darf sie Keine von den klügsten sein!

Testaccolta.

Warum denn nicht? Den Grund seh' ich nicht ein.

Gino.

Ein schönes, reiches Weib, das klug ist, nimmt Dich nicht;
Drum leiste auf die Klugheit gleich Verzicht.

Testaccolta.

Na, na! Das käm' noch auf's Versuchen an!
Ich will Dir zugestehn, nicht jeder Mann
In meinen Jahren darf es ruhig wagen.
Du hältst doch wohl Fiammetta für gescheidt?

Gino.

Mein Mündelchen Fiammetta? Ja, das möcht' ich sagen:
Gescheidter giebt's kein Mädchen weit und breit.

Testaccolta.

Na ja! Fiammetta ist in mich verliebt!

Gino (erstaunt).

Fiammetta? Sag', wer brachte Dir die Kunde?

Testaccolta.

Ja, ja! Ich hab's aus ihrem eignen Munde,
Sodaß es wirklich keinen Zweifel giebt.

Gino (lachend).

O Vetter, Vetter, hast Du das geglaubt?
Sie hat sich einen Spaß mit Dir erlaubt.

Testaccolta.

Sie sah mich nicht, — ich stand versteckt dabei,
Als sie es Lisa sagte unumwunden.

Gino.

Na, in der Welt geschieht so mancherlei!
Nur wüßt' ich gern, was sie an Dir gefunden.

Testaccolta.

Mein lieber Freund, Du bist nicht eben zart,
Ein Andrer dürft' mir so etwas nicht sagen.
Kurz, ihr gefällt mein Wesen, meine Art,
Mich ritterlich zu geben und zu tragen.
Ja, Vetter, magst Du auch die Nase rümpfen,
Ein Mädchen giebt nichts auf die Wissenschaft:
Es liebt am Manne ritterliche Kraft
Und sieht nach schönen Waden und nach Strümpfen.

Gino.

Ich will Dich Deiner Götzen nicht berauben —
Wohl denen, die noch an sich selber glauben!

Testaccolta.

Als Vormund also hast Du nichts dagegen,
Wenn ich mich um Fiammetta jetzt bewerbe?

Gino.

Wenn sie Dich will, nimm sie mitsammt dem Erbe
Und, falls Dir was dran liegt, mit meinem Segen.

Testaccolta.

Gut! Würdest Du dann mit Fiammetta sprechen,

Den still verschämten Widerstand zu brechen,
Sodaß ich schneller käm' zum schönen Ziel?

Gino.

Nein, Vetter, ohne Zwang soll ihr Gefühl
In dieser ernsten Frage sich entscheiden —
Als Vormund möcht' ich jeden Druck vermeiden.

Testaccolta (höhnisch).

Ei, Vetter, das wär' doch zu tugendhaft!
Du hast Dich in Maria doch vergafft,
Da möcht' es einem Andern kaum gelingen — —

Gino (feierlich)

Nach ihrer Neigung sollen beide wählen,
Und wen sie mir mit ihrer Liebe bringen,
Der darf getrost auf meinen Beistand zählen!

IX. **Auftritt.** Gino, Testaccolta und Benvenuto.

Benvenuto (kommt aufgeregt aus einem Seitenweg).

O Meister, welch ein Glück! — Verzeiht, ich störe! —

Gino.

O nein, wir waren im Begriffe aufzubrechen —
Vor meinem Vetter könnt Ihr ruhig sprechen,
Ihr kennt ihn doch?

Benvenuto.

Ich hatte schon die Ehre! —
Doch wenn ich sagte, Meister, was geschehen,
Es dürft' den Herrn wohl wenig int'ressieren —

Testaccolta.

Lebt wohl! Ich seh's, ich würde Euch genieren,
Von dem gelehrten Kram auch nichts verstehen.

Gino (lachend).

Bleib, Vetter, bleib! Hier bist Du ein Talent! —
In dieser Frage bist Du kompetent!
Mein junger Freund studiert die Wissenschaft,
Die Du mit selt'nem Fleiß gewissenhaft,
Wenn auch nicht immer mit Erfolg, betrieben:
Es handelt sich hier um die Kunst zu lieben!

Testaccolta.

Na ja, in dieser Kunst, das geb' ich zu,
Versteh' ich, Vetter, sicher mehr als Du
Und will Dich gern, kann ich der Jugend nützen,
Mit praktischer Erfahrung unterstützen.

Gino.

So sei's! Vielleicht, daß man auch selbst gewinnt,
Man lernt nie aus! — Wenn's Euch beliebt, beginnt!

Benvenuto.

Ich war im San Petronio soeben,
Der Weisung folgend, die Ihr mir gegeben.
Rings sah ich Frauen knie'n an niedern Sesseln —
Manch' anmutreiche, herrliche Gestalt,
Manch' lieblich Antlitz, wert den Blick zu fesseln —
Doch jenes Zaubers zwingende Gewalt
Empfand ich nicht. — Schon wollt' ich traurig gehen,
Da fühlt' ich mich gebannt geheimnisvoll:
Ich folgte einem Blick, der mich getroffen —
Da war es, Meister! — O, was durft' ich sehen! —
Ich weiß nicht, wie ich's Euch beschreiben soll! —
Mir war's, als ob der blaue Himmel offen,
Als träfe mich der lichte Glorienschein:

Ich sah tief in ein klares Aug' hinein!
Nur eines Strahles Dauer, lang genug,
Um alles, was da gut und groß und schön,
Nach dem mein Herz die tiefe Sehnsucht trug,
In diesem stillen, großen Aug' zu seh'n.
Und nieder sank der dunkeln Wimpern Kranz —
Doch all' die stille Pracht, der Himmelsglanz,
Die Seligkeit ist mir im Herzen blieben —
Jetzt weiß ich, Meister, was es heißt: zu lieben! (Benvenuto stürzt Gino in die Arme im höchsten Glücksgefühl).

Gino.

Mein Benvenuto, glücklicher Gesell',
Wie lacht das Leben Dir so sonnig hell!
Jetzt greife zu und halt's mit beiden Händen.

Testaccolta.

Ja, ja! Es ist wohl Alles schön und gut —
Wie kann nur so ein unerfahren Blut
Beim ersten Mal so viel Gefühl verschwenden!
Ich wüßte nicht, daß mir es so ergangen,
Als ich die erste Liebschaft angefangen.

Gino.

Nun, Benvenuto, folgtet Ihr den Lehren?
Habt Ihr das schöne Mädchen sprechen hören?

Benvenuto.

O Meister, mir ist Alles wie ein Traum! —
Versunken war der Kirche weiter Raum —
Ich folgte ihr, ich sah nur sie allein.
Am Weihebecken kam ich ihr zuvor:
Ich tauchte eilig meine Finger ein,

Und ihre Fingerspitzen netzend mit den meinen,
Gab ich ihr von des Wassers heil'ger Flut.
Sie neigte sich und hob den Blick empor —
Den letzten Blick gleich einem Sonnenstrahl —
Und eine warme, rosenfarb'ne Glut
Sah ich auf ihrem Angesicht erscheinen —
Und dann war sie verschwunden im Portal.

Testaccolta.

Ihr folgtet nicht, zu sehen, ob's sich lohnt?
Ob sie vielleicht noch Eltern hat, Verwandte?
Es könnt' ja sein, daß sie alleine wohnt —
O Vetter, hast Du ihn denn nicht belehrt?

Benvenuto.

Ich war im Traum und habe nur gehört,
Wie sie ihr Mädchen Lisa nannte.

Testaccolta (für sich — erschrocken).

Was? Lisa? — Ei verflucht, das wär' nicht schlecht!
So heißt Fiammetta's hübsche Dienerin,
Zusammen gingen sie zur Kirche hin.

Gino.

Mein Vetter, Benvenuto, hat schon recht:
Ihr müßt den Namen und die Wohnung wissen.
Trefft Ihr sie morgen an dem gleichen Ort,
Dann setzt das Augenspiel mit Eifer fort.
Ihr dürft auch wagen, sie verschämt zu grüßen,
Und wenn Ihr dann die Wohnung wißt, mein Lieber,
Geht täglich oft an ihrer Thür vorüber.
Und sollte sie vielleicht am Fenster stehen,
Dann waget einen Gruß, doch darf es niemand sehen.

So müßt Ihr's manchen Tag geduldig treiben,
Bis sie Euch wiedergrüßt; erreicht Ihr dieses Ziel,
Dann kommt das Schwerste wohl im Liebesspiel:
Ihr müßt den ersten zarten Brief ihr schreiben.
O, über diesen Brief könnt' ich Euch vieles sagen!
Ich rate Euch, das eig'ne Herz zu fragen.
Schreibt wahr und einfach, wie Ihr's heiß empfindet,
Dann seid gewiß, daß sich der Ausdruck findet,
Daß, was die Liebe schreibt, auch Lieb' entzündet.

Testaccolta.

Hier fand ich grade manche Schwierigkeit,
Oft war der Brief zu zart und oft zu frei —
Doch bin ich, Euch zu helfen, gern bereit.

Gino.

Laß ihn nur gehn, es wird ihm schon gelingen;
Hier schreibt die Liebe, nicht die Liebelei.

Testaccolta.

Und schwierig ist es auch, den Brief zu überbringen. —
Ich kenn' ein altes Weib, das möcht' ich Euch empfehlen.

Gino (zu Benvenuto).

In solchen Dingen kann man auf ihn zählen,
Hier weiß mein Vetter wirklich gut Bescheid.

Benvenuto.

O lieber Meister, könnt' ich je im Leben
Vergelten, was Ihr gütig für mich thut!
Auch Ihr, Don Testaccolta, seid so gut!
Ich will mir auch recht große Mühe geben!

Testaccolta.

Es war mir eine angenehme Pflicht!

Gino.

Mein Benvenuto, gebt uns bald Bericht!
Nur unbesorgt, mein Freund, es glückt Euch schon.
Lebt wohl! — Dies ist der Liebe zweite Lektion!

Vorhang.

II. Aufzug

(spielt acht Tage später).

I. Auftritt. (Testaccolta und Tabulettkrämerin.)

Tabulettkrämerin.

Nein, Herr, für alles Geld der Welt
Den Weg möcht' ich nicht zweimal machen
Zu einem solchen Tugenddrachen.
O Gott, hat die sich angestellt,
Als hätt' ich sie in Schimpf und Schand gebracht!
Und wie hat sie mich schlecht gemacht:
Ich sei nicht wert, daß mich die Sonn' bescheint —
Und ich hab's doch nur gut gemeint.
Wie schad' um sie: so voller Leidenschaft,
So jung und frisch und doch schon tugendhaft!

Testaccolta (lachend).

Der Angriff wäre also abgeschlagen!
Erzähle schnell, wie hat's sich zugetragen?

Tabulettkrämerin.

Ach Gott, der liebe, junge Mann,
Der mir den Brief zur Besorgung gegeben,
Wie ging es ihn so schrecklich nahe an,
Als koste es ihn das Leben.
So ein junges Blut und so verliebt,

Dem ich das Allerschönste gönnte!
Man sah's ihm an, er war so sehr betrübt! —
Ich wüßt' schon Eine, die ihn trösten könnte.

Testaccolta.

Sie hat den Brief wohl garnicht angenommen?

Tabulettkrämerin.

Den Brief? Ja, wo ist der nur hingekommen?
Behielt ich ihn? Wer mag das wissen?
Sie hat ihn in der Wut gewiß zerrissen!

Testaccolta.

Es wäre sicher schlau von Dir gewesen,
Hätt'st Du ihn wieder mitgebracht.
Neugierig, wie die Weiber alle sind,
Hat sie am End' ihn doch gelesen.

Tabulettkrämerin.

Ach, daran hat sie nicht gedacht,
Sie ist ein gar zu tugendhaftes Kind.

Testaccolta.

Du kennst doch ihren Namen, sag, wer war's?

Tabulettkrämerin.

Die Jüng're ist sie eines Schwesterpaars,
Donna Maria, — sie ist früh verwaist, —
Doch reich, schwer reich, sind beide, wie es heißt.
Mit einer Tante wohnen sie allein.
Der Messer Gino soll ihr Vormund sein.

Testaccolta.

Na, also doch! Ich hatte mir's gedacht!
Fiammetta heißt die ältere der beiden:
Ich glaube, ihr hast Du den Brief gebracht.
Du irrst Dich wohl?

Tabulettkrämerin.

Wie hätt' ich das gekonnt?
Die beiden sind doch leicht zu unterscheiden:
Fiammetta ist brünett, Maria blond.

Testaccolta (unbändig lachend).

Maria also? — Das ist wundervoll!
Ein toll'rer Spaß ist nicht wohl auszusinnen:
Er lehrt den Schüler, wie er's machen soll,
Die eigne Heißgeliebte zu gewinnen!
Wie dumm, wie dumm!

Tabulettkrämerin.

O Signor, Ihr erstickt!

Testaccolta.

Wie schade, daß der Angriff nicht geglückt!
Hier, nimm das Geld. — Vielleicht hilft uns die Zeit!

Tabulettkrämerin.

Ich danke, lieber Herr! — Auch mir thut's leid,
Daß ich so garnichts weiter helfen kann —
Und ist doch so ein hübscher, junger Mann! (ab)

II. **Auftritt.** Testaccolta, später Giovanni.

Testaccolta (für sich).

Ja, ja — das Mädchen scheint den alten Knaben
Wahrhaftig wirklich lieb zu haben;
Und doch, wie herrlich wär's, könnt' es gelingen,
Den überklugen Meister in den Schlingen,
Die er sich selber legte, einzuschnüren
Und ihm sein kleines Schätzchen zu entführen.
Ach, solchen Aerger hätt' ich ihm gegönnt!

Ja, wenn ich dazu helfen könnt!
Er müßte doch vor inn'rer Wut vergehen,
Könnt' er mich mit Fiammetta kosen sehen.
Ich glaube, daß das Herz ihm bräche,
Ein lächelnd Angesicht zu zeigen,
Wenn ich dann tröstend zu ihm spräche:
„Ja, ja, mein Freund, es ist doch eigen,
Die Liebe haßt der Bücher faden Dunst,
Doch leiht sie gern dem Krieger ihre Gunst.
Drum, lieber Vetter, faß' Dich in Geduld,
Dich tröstet bald der Musen edle Huld!"

Giovanni (kommt herangeschlichen und hustet plötzlich stark im Rücken des Träumenden).

Verzeiht, Herr Kapitän!

Testaccolta.

Zum Teufel! Mußt Du wieder mich erschrecken!
Was schleichst Du denn herbei so auf den Zeh'n?

Giovanni.

Verzeiht, wenn ich zu unsanft Euch gestört!
Ich steh' schon lang und suchte Euch zu wecken,
Doch Euer Gnaden haben nicht gehört.

Testaccolta.

Was bringst Du von Fiammetta? Wird sie kommen?
Wie hat sie meine Botschaft aufgenommen?

Giovanni.

Die Tante, Herr, liegt immer auf der Wacht,
Schleicht leis umher auf weichen, woll'nen Sohlen,
Als würden beide Mädchen ihr gestohlen.
Glaubt mir, die hat die Schule durchgemacht.

Testaccolta.

Den alten Drachen mög' der Teufel holen!
Hat sie's gemerkt? Nahmst Du Dich nicht in Acht?

Giovanni.

Wahrhaftig, Herr, beinah hätt' sie's entdeckt,
Als ich den Brief Fiammetten zugesteckt —

Testaccolta.

Nur zu! Was soll Dein Zögern denn bedeuten?
Denkst Du, ich prell' Dich um den Botenlohn?
Da, nimm den Scudo!

Giovanni.

Herr, ich danke schön!
Heut' Abend noch, gleich nach dem Aveläuten —

Testaccolta.

Was? Heut?

Giovanni.

Will sie versuchen, Euch zu seh'n!

Testaccolta.

Ah, wo?

Giovanni.

Hier, nahebei am Thorwarthaus!
Die alte Tante geht heut' Abend aus.

Testaccolta.

Bringt sie die Lisa mit?

Giovanni.

Nein, Herr, sie kommt allein.
Sobald wie möglich, will sie bei Euch sein.

Testaccolta.

Famos! — Da muß ein zweiter Scudo springen!

Giovanni (versucht, ihn mit dem falschen zu verwechseln).
Ich danke schön!

Testaccolta.
Er scheint Dir falsch zu klingen?
Nein, gieb Dir keine Müh', die Scudi hier sind echt.

Giovanni.
O, Euer Gnaden denken von mir schlecht!

Testaccolta.
Ich untersuche alle jetzt genau,
Glaub' mir, Giovanni, ich bin Dir zu schlau.
Jetzt möcht' ich gern den Benvenuto sehen.

Giovanni.
Ich sah ihn eben noch am Thore stehen.
Bei Tag und Nacht geht sein Gespenst hier um,
Ich krieg' es schließlich noch heraus, warum.

Testaccolta (höhnisch).
Wer weiß, mein Freund, vielleicht bist Du zu dumm!
(ab durch die Mitte).

Giovanni (hinter ihm die Faust schüttelnd).
Doch nicht zu dumm, Dich auf den Leim zu locken
Und Dir die schönste Suppe einzubrocken.
Ja, freu' Dich nur — zur Nacht sollst Du verzagen,
Hat Dich der alte Drache erst am Kragen.

III. **Auftritt.** Giovanni und Lisa (die von links kommt).

Giovanni.
Lisetta, na, wohin willst Du denn gehen?

Lisa.
Hast Du Herrn Benvenuto nicht gesehen?

Giovanni (vorsichtig).
Du hast wohl einen Brief zu ihm zu tragen?

Lisa.

Giovanni, nein! — Ich hab' ihm was zu sagen!

Giovanni.

Von wem? — Ich bitte Dich, gesteh mir's ein!

Lisa.

Was kann nur Dir daran gelegen sein?

Giovanni.

Du liebst ihn!

Lisa.

Pfui, wie kannst Du nur so denken!
Geh fort!

Giovanni.

Dann mußt Du mir Vertrauen schenken.

Lisa (zögernd, vorsichtig).

Nun gut! — Für unsre kleine Nachbarin,
Fiammetta's Freundin, geh' ich zu ihm hin.

Giovanni.

Heut' Nacht soll's hier im Garten lustig sein! —
Bestelle ihn hierher zum Stelldichein:

Lisa.

Dann möcht' ich grade andre Stellen wählen. —

Giovanni.

Lisetta, komm! Ich will Dir was erzählen.
Du weißt, daß unser eitler Kapitän
Sich um Fiammetta große Mühe giebt.
In guter Laune ließ sie es geschehn,
Und er glaubt fest, daß sie ihn wiederliebt.
Wir alle haben ihn in seinem Wahn bestärkt,
Beweise ihm gebracht von ihrem Lieben,
Und nur die Tante hat es nicht gemerkt,

Welch' tollen Spaß wir mit dem Vetter trieben.
Sie glaubt bestimmt, Fiammetta hätt' ihn gern
Und hält nun schlau den kühnen Ritter fern.
So konnte ihm kein andrer Ausweg bleiben,
Um mit dem holden Schatz allein zu sein:
Er mußte einen zarten Brief ihr schreiben
Und bitten um ein heimlich Stelldichein.
Zugleich ist auch Tebaldo heut' zurück —
Sein Oheim starb und setzte ihn zum Erben.
Jetzt will er offen um Fiammetta werben
Und möcht' sie seh'n nur einen Augenblick.
Auch er hat sich an's Schreiben flugs gemacht,
Und beider Briefe hab' ich überbracht.

Lisa.

Wie mich das freut! Wie glücklich wird sie sein!
Doch hör', Giovanni, wie soll's nur geschehen?
Die Tante läßt sie Abends nie allein.

Giovanni.

Und dann muß sie doch auch den Vetter sehen!

Lisa.

Ach, dummes Zeug!

Giovanni.

Ich hab' ihn schon bestellt!

Lisa.

Fiammetta will's?

Giovanni.

Nein, weil es mir gefällt!
O, heute Abend soll's hier lustig werden!
Hör' zu! — Du weißt, die Tante ist so klug,
Sie merkte gleich die ängstlichen Geberden,

Die ich zur Schau mit Absicht heute trug.
Sie hielt sogleich mich an mit scharfen Fragen,
Und scheinbar zögernd mußt ich alles sagen.
Sie hat mir auch des Vetters Brief genommen —
Na, Lisa, es geschieht, wie ich gedacht.
Ich weiß es doch, wie sich die beiden hassen:
Sie wird heut' in Fiammetta's Schleier kommen,
Um ihn bei holdem Minnespiel zu fassen!

Lisa (ihn umarmend).

Mein lieber Schatz, das hast Du gut gemacht!

Giovanni.

Und sieh, Lisetta, während diese zwei
In zarter Sehnsucht auf einander warten,
Genießen wir den Abend froh und frei
Gleich nach dem Aveläuten hier im Garten.

Lisa.

Giovanni, glaubst Du, daß wir sicher sind?

Giovanni.

Vor Isabella ganz gewiß, mein Kind.
Ich sperr' sie hier in's Gartenhaus hinein:
Sie sieht uns nicht und ist doch gegenwärtig,
Und wenn wir andern mit dem Tändeln fertig,
Hol' ich den Kapitän zum Stelldichein.

Lisa.

Giovanni, o Giovanni, das wird herrlich!
Ich möchte wohl, ich wäre auch so klug!

Giovanni.

Lisetta, Du bist reichlich klug genug —
Die gar zu schlauen Weiber sind gefährlich.

Lisa.

Wenn ich jetzt schnell Herrn Benvenuto fände!

Giovanni.

Er kommt dort eben rechts im Seitenweg
Mit seinem Freund Tebaldo im Gespräch.
Bleib hier und wart! Ich bring es bald zu Ende.

IV. **Auftritt.** Giovanni, Lisa, Tebaldo und Benvenuto.

Tebaldo (kommt mit Benvenuto aus dem Seitenweg rechts).

Geduldе Dich! — Ich darf jetzt freudig hoffen,
Daß sich mein Wunsch erfüllt — vielleicht schon morgen,
Und mein Geheimnis, das ich lang' verborgen
Im Herzen trug, liegt dann den Blicken offen.

Benvenuto.

Für mich ist alles Erdenglück dahin!

Tebaldo.

Mein lieber Freund, was liegt Dir nur im Sinn?

Benvenuto.

Glaub mir, ich trug am Leben stets zu schwer —
Ich wollte, daß ich nicht geboren wär'!

Tebaldo.

Was hast Du, Freundchen? Komm, den Kopf empor!
Gestehe, was Dich drückt! Nur frisch heraus!

Benvenuto.

Ach, laß mich geh'n! Ich bin ein armer Thor.
Tebaldo, lebe wohl! Mit mir ist's aus. (reißt sich los und geht nach links — Tebaldo schaut ihm verwundert nach)

Giovanni (aus dem Hintergrund).

Signor Tebaldo!

Tebaldo.

Giovanni, ah — sogleich!

Giovanni (winkt ihn in den Hintergrund).

Kommt hier herein, ich habe viel für Euch. (Tebaldo und Giovanni auf einen Seitenweg ab)

Lisa (die hinter dem Busch links gestanden, ruft Benvenuto leise an).

Signor, verzeiht! Ein Wörtchen nur geschwind!

Benvenuto.

Was willst Du? Ach, bist Du es, liebes Kind?
Ich glaub', ich sah Dich oft mit Deiner Dame.

Lisa.

Ja, ja! Donna Maria ist ihr Name.
Mein Fräulein härmt sich drüber ab und weint,
Wie's kommen mag, daß Ihr sie so verachtet,
Da Ihr sie als ein Mädchen nur betrachtet,
An dessen Ruf Euch nichts gelegen scheint.

Benvenuto.

O Gott, was that ich nur dem Fräulein an,
Daß es so etwas von mir denken kann?

Lisa.

Was schickt Ihr denn die böse Kupplerin,
Dies alte Höckerweib heut' morgen zu uns hin?
Wie könnt Ihr nur so schrecklich unvorsichtig,
So unklug sein, dies Brieflein zart und wichtig
Dem größten Klatschmaul von Bologna's Frauen,
Der allbekannten Hexe anvertrauen?
Wir haben sie verjagt mit Schimpf und Schand' —
Wie seid Ihr nur mit solchem Weib bekannt?

Benvenuto.

Das wußt' ich nicht! O weh, das thut mir leid!

Mit solchen Dingen weiß ich schlecht bescheid. —
Sie hat auch noch den Brief, den ich geschrieben,
Sie log mir vor, sie habe ihn verloren.

Lisa (vertraulich).

Der Brief? Der Brief ist doch bei uns geblieben —
Er war ja unser! Ei, wir wären Thoren,
Wenn wir in ihren Händen ihn gelassen,
Daß sie ihn ausposaunt auf allen Gassen.

Bevenuto.

Glaubst Du, daß alles nun für mich vorbei?
Ich dachte, daß ich ihr nicht unlieb sei.

Lisa.

Ich will Euch was verraten! Könnt Ihr schweigen?

Benvenuto.

Sag mir's! Ich will mich dankbar Dir erzeigen.
Wie heißt Du?

Lisa.

Lisa nennt man mich!

Benvenuto.

Gut, Lisa, nimm mein Wort: Ich sorg' für Dich,
Ich statt' Dich aus, willst Du mein Helfer sein!

Lisa.

Hier meine Hand! Den Handel geh' ich ein.
Nun horcht, ich sag' ein Wörtlein Euch in's Ohr:
Ich weiß, daß sie unlängst ihr Herz verlor.

Benvenuto.

An wen?

Lisa.

An Euch! — Ist das so wunderbar?

Benvenuto.

Lisetta, welch' ein Glück! Ist's denn auch wahr?
Sie liebt mich, liebt mich! O, ich kann's nicht fassen!

Lisa.

Ich weiß den Tag genau, wo es geschah:
Es war, als sie Euch in der Kirche sah!

Benvenuto.

Dank, Lisa, Dank!

Lisa.

Jetzt muß ich Euch verlassen.
Herr Benvenuto, faßt Euch! Laßt mich gehn!
Dort kommt der Meister mit dem Kapitän. —
Gleich nach dem Läuten in der Dämmerstunde
Erwartet uns! — Vielleicht mag mir's gelingen,
Maria einen Augenblick zu bringen:
Dann höret Ihr aus ihrem eignen Munde,
Was ich verriet, und Ihr mögt ihr gestehen,
Was Euer Herz erfüllt! — Auf Wiedersehen!

(ab nach links)

(Benvenuto sinkt traumverloren auf die Bank links.)

V. **Auftritt.** Benvenuto, Gino und Testaccolta.

Testaccolta (kommt mit Gino aus dem Hintergrund).

Dort sitzt ja Benvenuto ganz zerknickt,
Der Liebesschule trefflicher Scolar!
Er scheint heut' nicht so selig und entzückt,
Wie damals, als er in der Kirche war. —
Ein glatt Gesicht thut's in der Liebe nicht:
Es giebt noch Andres, was die Weiber schätzen,
Und nie vermag der beste Unterricht

Talent und lange Praxis zu ersetzen.
Ich ruf' ihn an, — wir müssen von ihm hören.

Gino.

Nein, Vetter, komm! Wir wollen ihn nicht stören.

Testaccolta.

Wir trösten ihn, es ist doch unsre Pflicht!
He, lieber Freund!

Benvenuto (springt auf und begrüßt beide).

O Meister, wollt verzeih'n!
Ich sah Euch nicht und glaubte mich allein.

Gino.

Es thut mir leid, daß wir Euch aufgeweckt! —
Ei, ei! Was macht Ihr denn für ein Gesicht,
Als weiltet Ihr in blauen, sel'gen Fernen?
Ihr habt wohl in zwei schönen Augensternen
Der Fei Morgana Wunderland entdeckt?

Testaccolta.

Mir kommt es vor, als ob er eben tief
Aus allen Himmeln auf die Erde fiel! —
Sagt, Freund, wie war es mit dem Liebesbrief
Von heute früh? — Erreichte er sein Ziel?
Herr Benvenuto, — Vetter, daß Ihr's wißt! —
Erkundigte sich endlich heute morgen
Nach jenem Weibe, das so tüchtig ist,
Gewisse zarte Briefe zu besorgen.

Benvenuto.

Dies Weib! — Wie konnt' ich so verblendet sein,
Durch solchen Boten meinen Brief zu schänden!
Wie konnt' ich ihr, dem Engel, der so rein,
Dies ekle Scheusal aus der Hölle senden.

Testaccolta.

Hör, Vetter, hör! Laß Dir den Spaß erzählen! —
Er schickte, sicher seiner Dame Huld,
Dies Weib, — das freilich, ich will's nicht verhehlen,
Der Großmutter des Satans ähnlich sieht,
Wie das bei alten Damen oft geschieht. —
Ja, nur dies Weibsbild trägt allein die Schuld!
Mit Schimpf und Schand' bedeckt ward es zuletzt
Mitsammt dem Briefe an die Luft gesetzt.

Benvenuto.

Ihr irrt Euch, Herr! Sie hat den Brief behalten!

Testaccolta.

Was? — Was? — Ich hab's ja selber von der Alten!

Benvenuto.

Sie hat die Frau so übel aufgenommen,
Um nicht durch sie um ihren Ruf zu kommen!

Gino.

Das find' ich von dem Mädchen wunderbar!
So klug! — Wie alt ist es?

Benvenuto.

Kaum achtzehn Jahr!

Gino.

Kaum achtzehn Jahr! O dieses junge Wesen!

Testaccolta.

Ha, ha! — Sie hat auch wohl den Brief gelesen?

Benvenuto.

Sie hat gelesen, Meister, was ich schrieb,
Und hat mir sel'ge Botschaft zugeschickt:
Das ist es ja, was mich so hoch beglückt,
Sie hat mich lieb, — sie hat mich lieb! —

Gino.

O lieber, junger Freund, wie mich das freut!

Testaccolta.

Mich auch, mich auch! — Gesteht, wie heißt sie denn?
So jung und so gescheidt! Vielleicht, daß ich sie kenn'.

Gino (argwöhnisch, ängstlich).

Nein, Deine Neugier scheint mir doch zu mächtig,
Ich möchte sagen, Vetter, fast verdächtig:
Was liegt daran, ob wir den Namen wissen!

Testaccolta.

Na, Vetter, wenn man das nur nicht bereut!
Du wirst den Namen einst vielleicht vermissen.
Meist wird ein Mädchen uns erst int'ressant,
Wenn Name und Familie uns bekannt.

Gino.

Ja, ja! Wie reich sie ist, und was die Magd
Als wichtiges Geheimnis von ihr sagt:
Ob sie sich schnürt und sich zu schminken pflegt,
Und ob sie gar wohl falsche Zöpfe trägt.
Das Alles will ich jenen überlassen,
Die sich mit solchem Weiberklatsch befassen.

Testaccolta.

Du nennst es Klatsch, ich nenn' es Nächstenliebe
Und Mitgefühl für Andrer Freud' und Leid:
Die schnöde Neugier legt im Forschungstriebe
Den Grund zum Tempel der Gelehrsamkeit.

Gino.

Obgleich der Trieb bei Dir stark ausgeprägt,
Hast Du doch keine Wissenschaft erworben.

Testaccolta.

Und wer die Wissenschaft nur hegt und pflegt,
Ist meist dem frischen Leben abgestorben.

Gino.

Und guckt auch nicht in fremder Leute Töpfe
Und schert sich nicht um Schminke und um Zöpfe.

Testaccolta (in großer Lustigkeit).

Und fragt auch nicht nach alter Weiber Weise,
Wie das gescheidte, kleine Mädchen heißt.

Gino (erbost).

Hör' auf, genug! Wir drehen uns im Kreise,
Ich fürchte sonst, daß die Geduld mir reißt.

Testaccolta (höhnisch).

Ganz wie Du willst! Mir ist es einerlei,
Es war nur meine Absicht, Dir zu nützen.

Gino.

Verzeiht, Herr Benvenuto, daß wir zwei
Euch unterbrachen mit so leichten Witzen!
Mein lieber Freund, wie muß es Euch beglücken,
Daß sie erwiedert Eure heiße Neigung!
Ward Euch schon eine andre Gunstbezeigung,
Habt Ihr zum ersten Mal mit ihr gesprochen?

Benvenuto.

Noch heut', — schon ist die Dämm'rung angebrochen —
Sogleich, — vielleicht in wenig Augenblicken
Darf ich die kleine, zarte Hand ihr küssen!

Testaccolta.

Wo? — Sagt mir, wo? — Ein Freund darf es doch wissen.

Gino.

Nein, schweigt! — O Vetter, was geht uns das an?

Hört meinen Rat: Man darf in Liebessachen
Den besten Freund nicht zum Vertrauten machen,
Sonst seid Ihr sicher ein betrog'ner Mann!

Benvenuto.

O hört: Da ist es schon, das Aveläuten! (Es ist im Laufe der letzten Scene allmählich Abend geworden. Jetzt klingt das Aveläuten der Glocken aufeinanderfolgend.)

Gino.

Das Zeichen! — Nun, so mög's Euch Glück bedeuten!
Komm, Vetter, es ist spät! Wir geh'n nach Haus!

Testaccolta.

Geh nur allein! — Ich hab' noch etwas vor.

Gino.

Was? gehst Du auch auf Abenteuer aus?

Testaccolta.

Wollt' ich's verraten, wär' ich ja ein Thor!

Gino.

Ei, ei, bedenk: ein Mann in Deinen Jahren!
Nun denn, viel Glück! Ich muß zu meinen Sternen!
(ab durch die Mitte)

Testaccolta (beiseit).

Ja, wollten es die Sterne offenbaren,
Du könntest heute Abend manches lernen! —
Lebt wohl denn, Schwager!

Benvenuto.

Schwager, sagtet Ihr?
Was heißt das?

Testaccolta (im Fortgehen lachend).

O, Ihr sollt es bald erfahren!

Benvenuto.

Der Mensch wird immer widerlicher mir! —

VI. **Auftritt.** Benvenuto und Tebaldo (der aus einem Seitenweg kommt).

Tebaldo, lieber Freund, was machst Du hier?

Tebaldo.

O Nichts! — Ich denke über Etwas nach! —
Da muß ich unbedingt ganz einsam sein. —
Und Du? — Was machst denn Du so ganz allein?

Benvenuto.

O Nichts! — Ich lausch' dem Nachtigallenschlag — —

Tebaldo.

Was? Jetzt im Juni läßt sich keine hören!

Benvenuto.

O doch, gewiß!

Tebaldo.

Na, dann laß Dich nicht stören!
Leb wohl, mein Freund!

Benvenuto.

Leb wohl, auch ich will geh'n!
(ab durch den hintern Seitengang links)

Tebaldo.

Was der zu dieser Zeit hier schaffen mag?
Ich sah's, er stand hier mit dem Kapitän.
Kommt Benvenuto, hier zu spionieren?
Zu welchem Zweck? — Doch halt, was regt sich dort?
Das wird Giovanni mit der Tante sein!
(ab durchs Gebüsch links)
(Es ist stark dämmrig geworden.)

VII. **Auftritt.** Giovanni und Isabella (von links. Isabella im Schleier der Fiammetta).

Giovanni.

Madonna, kommt! Ich bitt' Euch, laßt Euch führen!

Isabella.

Sind wir denn noch nicht bald am rechten Ort? —
Da draußen war noch heller Dämmerschein,
Und hier im Garten ist schon dunkle Nacht —
Ich sehe nichts! — Ach, daß sich Gott erbarm',
Das hab' ich mir doch einfacher gedacht!

Giovanni.

Nur Schritt für Schritt! O nehmt doch meinen Arm!

Isabella.

Mein Gott, ich hielt es doch nicht für so schwer!
Ich möchte wohl, daß ich zu Hause wär'!

Giovanni.

Das Aug' gewöhnt sich bald, es wird schon helle!
Hier ist das Gartenhaus! Wir sind zur Stelle.

Isabella.

Mir ist so bang'! — Giovanni, horch! — Ich glaub',
Dort ist ein Tier! Es regt sich was im Laub.

Giovanni.

Nein, es ist nichts! — Hier, setzt Euch auf die Bank,
Und dann, ich bitt' Euch, macht Euch möglichst schlank —
Der Kapitän hat Augen wie ein Luchs,
Daß er Euch nicht erkenne gleich am Wuchs!
Jetzt will ich geh'n, Madonna, und ihn holen.

Isabella.

So ganz allein zu sein, halt' ich nicht aus!
Nein, nein!

Giovanni.

Ihr hattet selbst es so befohlen.

Isabella.

Ich fürchte mich!

Giovanni.

Dann kommt in's Gartenhaus, —
Durch's kleine Fenster steigt kein Mensch herein, —
Zu größ'rer Sicherheit schließ' ich Euch ein. —
Ich rufe ihn und bin zurück im Flug,
Dann schließ' ich auf, und Ihr habt Zeit genug,
Euch hinzusetzen, um ihn zu empfangen.

Isabella.

Hätt' ich dies Wagnis doch nicht angefangen!
Was hilft's, jetzt werd' ich's weiter führen müssen, —
Na warte, alter Geck, Du sollst es büßen!
(Geht in's Gartenhaus. — Man sieht gleich ihren Kopf am kleinen Fenster, das den Zuschauern zugekehrt ist, erscheinen. Sie kann von dort keinen der jetzt Auftretenden sehen.)

VIII. **Auftritt.** Isabella, Giovanni, Tebaldo und Fiammetta (die letzteren kommen von links, Giovanni tritt ihnen entgegen).

Tebaldo.

Giovanni — pst!

Giovanni.

Ich melde mich zur Stelle
Und dort im Häuschen Donna Isabelle!

Tebaldo.

Giovanni, Du bist wirklich ein Genie!

Giovanni.

Sie sitzt im Käfig wie ein selt'nes Tier.

Fiammetta.

Ach welch ein Spaß!

Giovanni.

Kommt her, ich zeige sie!
Nur leise, leise — so — nun bleibet hier.

(läßt die beiden um die Ecke des Häuschens sehen — er selbst geht um das Häuschen herum, auf die andre Seite des Fensters. Bei seinem Ruf streckt Isabella den Kopf vor.)

Giovanni.

Madonna, hört!

Isabella.

Giovanni, ich vergeh'!
Was ist das für ein Flüstern in der Näh'!

Giovanni.

Ein Liebespaar sitzt drüben auf der Bank, —
Ich darf nicht wagen, Euch jetzt zu verlassen.

Isabella.

Ja, bleibe hier! Ach Gott, das dauert lang,
Ein Pärchen weiß sich selten kurz zu fassen.

Giovanni.

O ja, sie fassen sich, sie halten sich umschlungen. —
Da horcht, jetzt hat es wie ein Kuß geklungen.

Isabella.

Ach Gott, wie schrecklich! Was mag noch geschehen!

(streckt den Kopf weit vor).

Giovanni.

Madonna, nicht so weit, — man könnt' Euch sehen.

(Das Paar hat sich nach einem Blick auf die Tante mit leisem Lachen auf die Bank links gesetzt, sich umarmt und geküßt)

Jetzt will ich gehn. — Ich bleibe in der Nähe!
Es könnt' sonst sein, daß Jemand, der uns sähe,
Uns beid', Madonna, für ein Pärchen nähme!

Isabella.

Wie unverschämt! — O Gott, wie ich mich schäme!

(zieht sich zurück)

Fiammetta.

Nun sag, Tebaldo, wie es Dir ergangen!
Den Veroneser Brief hab' ich empfangen.
Der arme Oheim! Er hat sterben müssen!

Tebaldo.

Ich durft' ihn sehen kurz vor seinem Ende
Und ihn zum Abschied auf die Stirne küssen.
Ich fühlte es am leisen Druck der Hände:
Er kannte mich, doch konnt' er nicht mehr sprechen, —
Dann sah ich seine müden Augen brechen.

Fiammetta.

Das war für Dich, mein Freund, ein tiefer Gram!

Tebaldo.

Mir fehlte Muße, mich ihm hinzugeben,
Denn an des Toten Bette stand das Leben,
Das mich mit raschem Griff gefangen nahm.
Mein Oheim hinterließ mit seinen Schätzen
Mir auch die Sorge, die ich nie gekannt:
Es galt zu ordnen, eilig festzusetzen
Und zu entscheiden, was ich schwer verstand.
Doch mitten in den arbeitsvollen Tagen
Hat jeder Augenblick Dein Bild gebracht,
Und gestern Abend konnt' ich's nicht mehr tragen,
Ich stieg zu Pferd und ritt die ganze Nacht.

Fiammetta.

Wie bin ich froh, daß ich Dich wieder habe!
Auch ich war in Gedanken stets bei Dir.

Tebaldo.

Fiammetta, nimm heut' diese kleine Gabe,
Den Ring, den meine Mutter trug, von mir!

Er ist nicht kostbar, — schön're mag es geben,
Doch mir ist er der Schönste aller Welten!

Fiammetta.

Tebaldo, Dank! Mir soll er heilig gelten,
Und nie verlassen soll er mich im Leben! (Sie umfassen sich mit heißem Kusse)
Tebaldo, horch! Ich höre leise Schritte!
Komm, laß uns gehn!

Tebaldo.

Es war wohl nur der Wind!

Fiammetta.

Ich irr' mich nicht! — Tebaldo, komm! Ich bitte.

Tebaldo.

Ja, Du hast recht! — Wir gehen, liebes Kind! (Beide durch die Mitte ab).

IX. **Auftritt.** Isabella, Giovanni — Benvenuto, Maria und Lisa (kommen von links).

Isabella.

Giovanni, ist das Pärchen fortgegangen?

Giovanni.

Das erste Paar, Madonna, ist jetzt fort,
Doch hab' ich schon ein zweites wahrgenommen.

Isabella.

Das scheint mir ja ein vielbesuchter Ort:
Ist es denn immer noch nicht abgekommen,
Dies ungehör'ge, unsittliche Treiben?

Giovanni.

Ich glaub', Madonna, es wird auch so bleiben,
So lang es junge Menschen giebt auf Erden.

Isabella.

Nein, da muß ernstlich eingeschritten werden!

(zieht sich etwas zurück).

Giovanni.

Dies junge Pärchen scheint noch sehr befangen!
Wie zitternd bang sie aneinander hangen!

Isabella (schießt wieder mit dem Kopf vor).

Ich sehe nichts! Das Fenster ist zu klein.

Giovanni.

Ich änd're es zum nächsten Stelldichein!

Isabella.

Du machst wohl Witze? Geh, laß mich allein!

(zieht sich zurück).

(Giovanni küßt Lisa, die zu ihm ans Häuschen gekommen ist, und geht dann wieder leise an's Fenster.

Giovanni.

Madonna pst!

Isabella.

Nun, ging das Paar vorbei?

Giovanni.

Ich wollt' Euch nur berichten, jetzt sind's drei!
Das dritte Paar sitzt hier am Gartenhaus
Auf unsrer Bank.

Isabella.

Ich halt's nicht länger aus!

Giovanni.

Das Paar ist aus dem allerfeinsten Kreise.

Isabella.

Kennst Du es denn?

Giovanni.

Ich glaube, beid' zu kennen,
Ich will Euch ihre Namen später nennen.

Isabella.

Wer sind sie denn?

Giovanni.

Um Gotteswillen leise!

(Geht um das Häuschen herum wieder zur Bank, flüstert und lacht mit Lisa.)

Benvenuto (hat sich mit Maria auf die Bank links gesetzt).

Als ich Dich sah, mein Lieb, zum ersten Mal,
War mir's, als träfe mich ein Wetterstrahl,
Als ob ein hohes Wunder mir geschehen:
Als teilten sich des Vorhangs dunkle Falten,
Die mir die helle Sonne ferngehalten,
Als könnt' ich, lang erblindet, wieder sehen.
Mir war's, als säh' im warmen Himmelslicht
Ein liebes, lang vertrautes Angesicht
Mit ernstem, tiefem Blicke auf mich nieder —
Mir war's, als hätt' ich einst Dich schon besessen
Vor langer, langer Zeit und dann vergessen
Und hätt' Dich nun nach banger Irrfahrt wieder.
Und wandelte mit Dir im Sonnenschein
In's duftumfloss'ne Frühlingsland hinein,
Wo ferne, blaue Berge vor uns liegen! —
Als wär' ich lang im Staube hingegangen,
Ein armer Mann, von kalter Nacht umfangen,
Und könnt' mit Dir nun in den Himmel fliegen! —

Maria.

Auch ich war Dein, schon lang, eh' Du mich fandest,
Und trug Dich ahnend in des Herzens Schrein —
Als Du, rings suchend, in der Kirche standest,
Da sagt' ich mir: Er sucht nur dich allein! —

Benvenuto.

O wär es möglich, daß im Weltenraume
Wir einst vereint auf lichtem Stern gelebt,
Daß die Erinn'rung mild vom schweren Saume
Des dunklen Schleiers eine Falte hebt, —
Daß sehnsuchtsvoll im dumpfen Erdentraume
Die Seele zur verlor'nen Seele strebt,
Dann müssen sie, wenn sie sich ahnend finden,
Mit heißen Gluten in einander fließen,
Zur alten Einheit selig sich verbinden
Und hier auf Erden Himmelsglück genießen.

(Er zieht sie an sich.)

Maria.

Mich schauert's, Benvenuto, nimm mich hin!

Benvenuto.

Maria, meine Himmelskönigin!

Maria.

O gieb den Namen der Gebenedeiten,
Der Gottesmutter, nicht mir armem Kinde!

Benvenuto.

Was sollen mir des Himmels Seligkeiten,
Wenn ich sie nicht in Deinen Augen finde?
Du bist mir Alles, bist des Himmels Leben,
Was kann mir ohne Dich der Himmel geben?

Maria.

Laß uns vereint zur Gottesmutter treten,
Zu ihr, die doch die Liebe selber ist,
Und laß uns voller Demut zu ihr beten,
Daß sie die stolzen Worte Dir vergißt!

Benvenuto.

Dein volles Herz führt Dich mit reinem Sinn,
Um fromm zu beten, an des Himmels Stufen,
Mein Herz zerspringt, und jubelnd möcht' ich rufen
In alle Welt, wie ich so selig bin!

Maria.

Das Glück ist gar ein seltner Wunderhort!
O trag ihn tief verschlossen, fromm bescheiden.
Ich zitt're, sprichst Du nur ein lautes Wort,
Daß uns die bösen Geister drum beneiden!

Benvenuto.

Mein liebes Herz, ein jeder Freudenruf
Ist ein Gebet, dem Schöpfer Dank zu sagen,
Ihm, der die große Frühlingswonne schuf,
Wenn lustberauscht die Nachtigallen schlagen.
Versenden nicht die Blumen ihren Duft,
Wenn sie der Sonne froh entgegen sprießen,
Und ich sollt' in des Busens enge Gruft
All' meine Frühlingsseligkeit verschließen?
Nein, wie die Blume grüße ich das Licht,
Und wie ein Vogel sing' ich ihm entgegen,
Den Neid der bösen Geister fürcht' ich nicht,
Mit Dir vereint schützt mich des Himmels Segen!

Maria.

Ach, ich bin nur ein arm und furchtsam Kind,
Will all' mein Glück still in der Brust begraben,
Doch zu den Schätzen, die darinnen sind,
Sollst Du allein den goldnen Schlüssel haben!

(Sie küssen sich.)

(Die Tante hat verschiedene Zeichen großer Ungeduld verraten. Lisa kommt zum Paar herüber.)

Lisa.

Ich glaub', Madonna, es ist Zeit zu geh'n —
Die Tante sehnt sich nach dem Kapitän.

Maria.

Jetzt zwingst Du uns, schon wieder aufzubrechen?
Wir hatten noch so manches zu besprechen!

(Maria, Benvenuto und Lisa ab nach links.)

Giovanni (am Fenster).

Madonna, hört! Die Luft ist endlich rein.

Isabella.

Na endlich! — Schrecklich war es so allein!

Giovanni.

Ich hol' den Kapitän zum Stelldichein.

Isabella.

Er wird wohl längst schon fortgegangen sein.

Giovanni.

O nein! Ich weiß, zu heiß ist sein Verlangen.

Isabella.

Und heißer noch wird er von mir empfangen.

(Giovanni ab durch die Mitte.)

Benvenuto (kommt zurück von links).

Einsame Stätte, du bist mir geweiht,
Wo sie mein Arm zum ersten Mal umfangen,
Wo ich an meiner Brust, o Seligkeit,
Ihr Herz gefühlt mit klopfendem Verlangen. —
Mir ist, als wär' ein zarter, süßer Duft
Zurückgeblieben von den weichen Locken,
Als hörte ich ein Klingen in der Luft
Von einer Stimme, fern wie Kirchenglocken. — (steht sinnend an der Bank und findet den Ring, den Fiammetta dort verlor).
Ein Ring, den sie verlor von ihrer Hand! —

Ein seltner Zufall, daß ich ihn gefunden!
Ein Zufall? — Nein! Vom Schicksal mir gesandt
Als Zeichen, daß wir ewig nun verbunden! — (Giovanni kommt eilig durch die Mitte. — Benvenuto zieht sich leise nach links zurück.)

Giovanni (öffnet die Thür zum Gartenhäuschen).

Madonna, kommt! Es ist die höchste Zeit!

Isabella (setzt sich auf die Bank).

Na, komme nur, mein Freund! Ich bin bereit.
(Testaccolta kommt durch die Mitte, Giovanni geht ihm entgegen und führt ihn zu Donna Isabella. — Er setzt sich in glühender Liebe zu ihr und küßt ihr die Hand.)

Testaccolta.

Fiammetta, Flämmchen, süße Himmelskerze,
Du meines Lebens strahlendes Fanal!
Du Leuchte für mein sturmgepeitschtes Herze
Auf wilden Fluten sehnsuchsvoller Qual!
O komm, o komm, Du Süße, daß zusammen
In Liebe lodern unsre heißen Flammen! (Er zieht sie an sich. Sie faßt ihn fest am Kragen).

Isabella.

Jetzt schlägt das Unheil über Euch zusammen,
Und schmoren sollt Ihr in der Hölle Flammen!

Testaccolto.

Madonna Isabella!! —

Isabella.

Was? So ein alter, abgelebter Fant,
Ein leerer Mantelstock von einem Gecken,
Will seine schmachbedeckte Hand
Nach einem schönen, jungen Mädchen strecken?
Ein Kind verführen, das so hold und rein?

Testaccolta.

Bedenkt, Madonna, wir sind nicht allein!

Isabella (hält ihn fest. — Er versucht, sich loszumachen).

Ein Dirnenheld, ein staubiger Bovist,
Ein Wüstling, dem die müden Kniee brechen,
Der nie gewußt, was frische Jugend,
Was wahre, echte Liebe ist,
Der will von heißen Herzensflammen sprechen!

Testaccolta (hat sich befreit und zieht sich einige Schritte zurück).

Und Ihr, Madonna, seid durch Eure Tugend
Genug bestraft! — Ich lasse Euch allein —
Doch nein! — Giovanni ist noch hier — —
Ihr habt wohl noch ein ander Stelldichein? —
Ah, ich versteh'! — Kein Wort! — Ich gehe schon
Und überlaß Euch Eurem Kavalier. —

Isabella.

Pfui, schäm' Dich, schäm' Dich, elender Patron!

Vorhang.

III. Aufzug.

Zeit: Spätnachmittag des folgenden Tages.

I. Auftritt. Gino und Benvenuto.

Gino.

Mein Benvenuto, Euer froh' Gesicht
Strahlt wie die Sonne hell zur Maienzeit,
In Euern Augen les' ich den Bericht
Von Eurer jungen Liebe Seligkeit.
Doch seh' ich auch, daß Euer Herz, zu voll,
Nicht weiß, wie es die Freude fassen soll —

Zu plötzlich, übermächtig kam das Glück,
Und jubelnd möcht' es sich der Welt verkünden.
O haltet es im Busen stark zurück,
Laßt es im Gassenlärm Euch nicht entschwinden!
Nur selt'ne Stunden giebt's im Menschenleben,
Wo unsres Glückes Flutstrom überfließt,
Heil jenem, dem die Stärke dann gegeben,
Daß er den Schatz im Herzen still verschließt:
Er quillt ihm fort als Born Erinnerung,
Aus ihm trinkt er sich immer wieder jung,
Und jener gold'nen Stunden Wiederschein
Wird seines Alters Lebenssonne sein. —
Doch wollt Ihr mich zum Beichtiger erwählen,
So dürft Ihr auf mein Beichtgeheimnis zählen!
Hilft freundlich ein verschwiegen Herz Euch tragen,
Dann dürft Ihr wohl vom Glück zu sprechen wagen.

Benvenuto.

O Meister, wenn ich heut' so glücklich bin,
Mehr als ich sagen kann, so überreich,
Verdank' ich alles, alles doch nur Euch:
Ihr führtet mich zu meinem Glücke hin!
O daß ein gnädig Schicksal mir vergönnte,
Daß ich Euch all' die Güte lohnen könnte!

Gino.

Was ich gethan, mein Freund, war liebe Pflicht,
Und reicher Lohn ward mir für mein Bemühen,
Seh' ich ein junges Menschenangesicht
Im Glück, in reinster Lebensfreude glühen.

Benvenuto.

Mein lieber Meister, könntet Ihr sie sehen!

Wie ist sie schön, wie zart und elfengleich!
Und wie am Ostertag aus lichten Himmelshöhen
Klingt ihre Stimme glockenrein und weich!
Wie eine Glorie strahlend wunderbar
Umkränzt das stille Haupt ein golden' Haar,
Und wenn ich ihr in's tiefe Auge schau',
Ist mir's, als säh' ich in des Himmels Blau.
O Meister, jenes schöne Ritornell,
Das Ihr mir sagtet, klingt so jubelnd hell:
„Blaue Cyanen!
„Ihr Augen, mild und blau, seid meine Sonne —
„Ihr leuchtet mir aus lichten Himmelsbahnen!"
Der schönen Blumenstrophe Melodie,
Sie klingt rings um mich her bei Tag und Nacht:
Mir ist es stets, als wäre sie für sie,
Für sie, Maria, nur allein gemacht!

Gino (mit plötzlichem Erschrecken).

Maria sagtet Ihr? Verstand ich Euch?

Benvenuto.

Ist Euch nicht wohl? Verzeiht, Ihr seht so bleich!

Gino.

Maria sagt Ihr? Hab' ich recht gehört?

Benvenuto.

Maria, ja! — Ihr habt mir selbst verwehrt,
Den Namen gestern im Gespräch zu nennen.
O lieber Meister, solltet Ihr sie kennen?

Gino.

Maria heißt so manches schöne Kind!
Erzählt mir alles, was Ihr von ihr wißt —
Ich hörte gern, wer ihre Eltern sind.

Benvenuto.

Ich weiß nur, daß sie eine Waise ist,
Und daß sie ihre Eltern früh verlor.
Sie wohnt in einem Häuschen hier am Thor
Mit einem Schwesterchen, das sie Fiammetta nannte,
Bei Donna Isabella, ihrer Tante,
Zu der die beiden Kinder früh gekommen,
Und die sich treulich ihrer angenommen.

Gino.

Sonst wißt Ihr nichts von ihren Anverwandten?
Habt Ihr des Vaters Namen nicht erfahren?
Die Tante lebt doch hier seit vielen Jahren —
Sie wird nicht ohne nähern Anhang sein,
Nicht ohne liebe Freunde und Bekannten.

Benvenuto.

Ich sah nur sie, Maria, nur allein.
Was gehen mich die fremden Leute an,
Familie, Namen und was drum und dran?
Ich hätte manches wohl herausgebracht,
Doch, Meister, ich hab' nur an sie gedacht.

Gino.

Gesteht mir, Benvenuto, daß Ihr wißt,
Wer dieses jungen Mädchens Vormund ist!

Benvenuto.

Was blickt Ihr mich so ernst und dringend an?
Bei Gott, ich kenn' ihn nicht, den guten Mann! —
Ihr seid so anders, — was ist Euch geschehn?
Ich hab' Euch, Meister, niemals so gesehn.
Euch ist nicht wohl! — Was kann ich für Euch thun?

Gino (setzt sich auf die Bank).

Nichts, nichts! — Laßt mich ein wenig ruh'n! —
Ein kleiner Schwindel! — Er geht schnell vorüber.
Hier, nehmt mein Tuch und lauft zum Quell hinüber,
Und bringt es mir genetzt zurück!

Benvenuto.

O lieber Meister, einen Augenblick! (ab mit dem Tuch)

Gino.

Daß ich der Vormund bin, er ahnt es nicht! —
Unmöglich, nein! — Dies off'ne Angesicht,
Dies klare Aug', die ehrlichen Geberden!
Nein, — treuer, wahrer giebt es nichts auf Erden!
Ich möchte lachen über mein Geschick, —
Wenn es nicht so verzweifelt traurig wär'! —
Die Einzige, die ich für mich begehr',
Die stille Hoffnung, das ersehnte Glück,
All', was ich liebe, seh' ich mir entgleiten!
Und ich bin's selbst, der den Verführer spielt,
Der sich bemüht, den scheuen Dieb zu leiten,
Daß er den einen, teuren Schatz mir stiehlt!
Und wenn ich hier den Räuber selber rief,
Vergaß ich dort das Feuer zu entzünden,
Das in Maria's reinem Busen schlief! —
Doch durft ich's wagen, sie mir zu verbinden?
Für mich will schon der Pfad sich abwärts neigen —
Des Lebens schönste Jahre sind dahin —
Und sie, die junge, seh' ich aufwärts steigen,
Sie ist ein Kind, da ich ein Alter bin!
Und doch! Wenn sie mich liebte, würd' ich's wagen —
Zu Vielen kommt das Glück in späten Tagen.

Allein, was hilft's? Ich muß mich überwinden:
Hier fand die Jugend wieder sich zur Jugend.
Mir bleibt, mich traurig lächelnd drein zu finden,
Und aus der Not zu machen eine Tugend! —
Das bunte Schicksal zwingt uns oft zu lachen,
Um uns nicht selber lächerlich zu machen! —

Benvenuto (zurückkommend mit dem feuchten Tuche).
Hier ist das Tuch und Wasser hier im Hut!
Wie geht es Euch?

Gino.

Vollkommen wieder gut!
Das feuchte Tüchlein brauche ich nicht mehr,
Ich leg' es auf die Bank zum Trocknen her!

Benvenuto.

O Meister, an der Quelle fiel mir's ein:
Ich weiß nicht, wie wir auf den Vormund kamen;
Er scheint ein guter, kluger Mann zu sein,
Sie sprach von ihm, doch nannte nicht den Namen.
Oft kommt er Abends, um mit ihr zu lachen.
Sie sagt, sie dürfe sicher auf ihn bauen
Und wolle ihm die große Freude machen,
Ihr selig Glück zuerst ihm zu vertrauen.

Gino.

Ja, wollt Ihr denn zu Eurer Frau sie nehmen?
Sie scheint doch nur aus recht geringem Stand —
Und die Familie völlig unbekannt —
Vielleicht müßt Ihr Euch ihrer Herkunft schämen! —

Benvenuto.

Wie mögt Ihr, lieber Meister, nur so sprechen!

Wenn sie die ärmste Ausgestoß'ne wär',
Sie blieb' auf Erden meine höchste Ehr',
Und nimmer wollt' ich ihr die Treue brechen!
Und wie auch immer mag ihr Name sein,
Und könnte sie mir keinen Vater nennen,
Mein soll sie sein! — Ich will nur sie allein,
Und nichts auf Erden soll uns beide trennen!
Ihr wißt doch, daß ich reich und mündig bin, —
Jetzt freut es mich zum ersten Mal im Leben —
All' was ich habe, geb' ich freudig hin,
Um meine Liebe aus dem Staub zu heben!

Gino.

Wenn's so steht, Freund, dann ist es wohl das beste,
Wir laden bald zum Hochzeitfest die Gäste.

Benvenuto.

Ja, Meister, ja! Noch schnell im Junius,
Die Hochzeit wär' ein guter Monatsschluß!

Gino.

Mein lieber Freund, als Lehrer und Berater
Halt' ich es augenblicklich doch für richtig,
Wenn ich den Namen von des Fräuleins Vater,
Und wo die Eltern wohnten, was sie waren,
Und manche andre Dinge, die uns wichtig,
In aller Eile suche zu erfahren.
Erwartet mich! Vielleicht in einer Stunde
Bin ich zurück und bring' Euch sich're Kunde.

Benvenuto (den abgehenden Gino begleitend).

Wie seid Ihr, lieber Meister, doch so gut!
Nehmt Dank für alles, was Ihr für mich thut!

II. **Auftritt.** Benvenuto und Tebaldo.

Tebaldo (kommt durch die Mitte).

He, Benvenuto, lieber, alter Knabe,
Mich freut's, daß ich Dich eingefangen habe!
Es ist doch sonderbar, wenn wir uns trafen,
War's hier am Ort! Mir kommt da ein Verdacht:
Ei, ei, mein Freund, Du wirst doch nicht zur Nacht
Bei Mutter Grün hier auf dem Bänkchen schlafen?

Benvenuto.

Ich hätte Grund, Dich ebenso zu fragen,
Denn Dir auch scheint die Bank hier zu behagen.

Tebaldo.

Ja, Freundchen, was uns die berichten könnt',
Wär' einmal nur zu plaudern ihr vergönnt!
Wie viele durften hier sich schon umfassen!
O könnt' ich alle sie erscheinen lassen!
Mir scheint der schöne Garten hier umher
Für solch ein Schauspiel sehr bequem zu liegen.

Benvenuto.

Dann schlag' ich vor, daß es ein Lustspiel wär,
Wo alle Paare sich am Schlusse kriegen.

Tebaldo (lachend).

Von einem Paare weiß ich es genau,
Das ist in wenig Tagen Mann und Frau!

Benvenuto (erstaunt).

Du weißt es schon? Das ist doch wunderbar!

Tebaldo (scherzend).

Ich glaub' sogar, es war das letzte Paar,
Das gestern Abend hier gewesen ist.

Benvenuto (erbost).

Ich wußte nicht, daß Du ein Lauscher bist!

Tebaldo.

Natürlich, Freund, ich war doch selbst dabei.

Benvenuto.

Ich hasse diese Zehenschleicherei!
Nichts ist mir widriger als ein Spion!

Tebaldo.

Was hast Du nur? Ich war die Hauptperson.

Benvenuto.

Wie soll ich das versteh'n?

Tebaldo.

Ja, sicherlich,
Der hochbeglückte Liebende bin ich!
Das war der Grund, weßhalb ich zu Dir kam:
Ich wollt' Dir sagen, daß ich Bräutigam!

Benvenuto (drückt ihm stürmisch die Hand).

Tebaldo, lieber Freund, wie mich das freut!
Da wünsch' ich Dir von ganzem Herzen Glück!
Das also war die große Heimlichkeit:
Die Liebe hielt so lang' Dich hier zurück!

Tebaldo.

Du weißt, ich bin seit meines Oheims Sterben
Nicht mehr der arme Junker, der ich war;
Ich darf jetzt offen um die Teure werben,
Und führ' sie im Triumphe zum Altar.

Benvenuto.

Na, lieber Freund: Vertrauen giebt Vertrauen!
Dann können wir, wie schon so manchen andern,

Auch diesen schönen Pfad zusammen wandern —
Mit unsern beiden lieben, kleinen Frauen!

Tebaldo.

Mein Benvenuto, komm an meine Brust!
Famos, famos! — Wer hätte das gedacht
Daß dieses scheue, unschuldsvolle Kind
Auf solche kühnen Liebesstreiche sinnt!
Nein, dieser Jüngling, der sich nie getraut,
Keck einem Weibe in's Gesicht zu blicken,
Der holt sich ganz im Stillen eine Braut!
Komm, laß die Heldenfaust Dir kräftig drücken!
(bemerkt den Ring an Benvenuto's Hand)
Ah, sag einmal, was ist das für ein Ring
An Deiner Hand? — Ich sah ihn nie bei Dir.
Erlaube mir! — Ei, welch ein zierlich Ding!
Gesteh, von wem bekamst Du ihn?

Benvenuto.

Von ihr!
Das Ringlein stammt von meiner Trauten Hand!

Tebaldo (die Hand festhaltend und den Ring betrachtend).

Der Ring? — Der Ring? — Er scheint mir so bekannt —
Mein Gott, ich irr' mich nicht! — Ich kann's nicht fassen! —
Erlaub, daß ich ihn Dir vom Finger streif'!

Benvenuto (die Hand zurückziehend).

Nein, Freund, ich möcht' ihn nicht vom Finger lassen!

Tebaldo.

Ich bitt' Dich, gieb ihn mir! — Mein ist der Reif!

Benvenuto.

Unmöglich, lieber Freund! Was fällt Dir ein!

Tebaldo.

Ich sag' Dir, gieb ihn her! Der Ring ist mein!
Er ist mir ja von Kindheit auf vertraut,
Der Mutter Ring — ich schenkt' ihn meiner Braut. —
Wer gab ihn Dir? — Wie heißt sie, diese Dame?

Benvenuto.

Was? Diesen Ton wagst Du mir anzuschlagen?
Zuerst ist wohl an mir die Reih', zu fragen:
Wem gabst Du ihn? Wie ist des Mädchens Name,
Dem Du das Ringlein als Geschenk gegeben?

Tebaldo.

Zum Teufel! Gieb ihn her, bei Deinem Leben! —
Vielleicht ward er verloren, ward gestohlen —
Vielleicht — vielleicht — Mein Gott, was sage ich!
Her mit dem Ring!

Benvenuto (zieht).

Du hast wohl Lust zu raufen!
Hand weg, zurück! — Versuch', ihn Dir zu holen!
Hier ist der Ring! — Er wartet nur auf Dich!

Tebaldo (zieht).

Nun denn, bei Gott! Ich stech' Dich über'n Haufen!
(Sie fechten.)

III. **Auftritt.** Tebaldo, Benvenuto und Giovanni.

Giovanni (kommt von links).

Signori, haltet ein! Nur immer sacht!
Signor Tebaldo, nehmt Euch doch in Acht!
Wie könnt Ihr nur so unvorsichtig sein,
Ihr hättet mich wahrhaftig fast gestochen!
(Die beiden senken die Degen.)

Tebaldo.

Zum Donnerwetter, Kerl, was fällt Dir ein?
Was kommst Du Esel zwischen uns gekrochen!
Scher' Dich zum Teufel und laß uns allein!

Giovanni (stellt sich zwischen beide).

Hier steh' ich! Was gescheh'n soll, mag geschehen!
Ob ich zum Teufel gehe, weiß ich nicht,
Doch weiß ich, wer den besten Freund ersticht,
Wird ganz gewiß zum Teufel gehen.
Die Ehre will's! Stoßt zu, macht mich zum Siebe!
Die Ehr' gilt mehr, als Freundschaft und als Liebe. —
Ach, diese Ehre ist so zart empfindlich,
Sie wechselt ihre Stimmung täglich, stündlich:
Ein Wort, ein Nichts, das heut' sie rasend macht,
Wird morgen als ein Witz von ihr belacht.
Es war ja nur ein Irrtum, nur ein Wahn,
Ein kurzes Mißverständnis, bloß ein Schein —
Was kann's bei Freunden denn auch anders sein!
Doch wird die That dadurch nicht ungethan,
Der totgestoch'ne Freund wird nicht lebendig —
Ich bitte Euer Gnaden, seid verständig!

Tebaldo.

O wenn es nur ein Mißverständnis wär!
Ich gäbe gleich mein halb' Vermögen her.

Benvenuto.

Ich auch!

Giovanni.

Das ist zu viel, Signori, sicherlich!
Ich mach' es bill'ger! Nehmt zum Richter mich,

Und giebt's ein dunkles Rätsel irgendwo:
Ich löse es wie König Salomo!

Tebaldo.

Ja, Du bist schlau — Du hast es oft gezeigt!
Schaff' mir den Ring! Du sollst als Richter walten!

Benvenuto.

Auch ich bin Deinem Richterspruch geneigt —
Natürlich nur, darf ich den Ring behalten!

Giovanni.

Nun gut, Ihr habt zum Richter mich erwählt!
Ich bitt' Euch, daß Ihr nun den Fall erzählt.

Tebaldo.

Der Ring, den Benvenuto trägt, ist mein!
Ich kenn' genau die Fassung und den Stein.
Ich gab ihn einer Dame, ihn zu tragen,
Doch will ich ihren Namen hier nicht nennen.

Giovanni.

Ich dank' Euch! — Was habt Ihr dazu zu sagen?

Benvenuto.

Ich gebe zu, daß ich das Ringlein fand,
Doch kenne ich genau die Damenhand,
Die ihn verlor! — Mehr will ich nicht bekennen.

Giovanni.

Signori, hört! Der Fall liegt sonnenklar!
Ich wußte, daß es nur ein Irrtum war.
Ihr habt den Ring der Dame ja beschert.
Und Ihr gesteht, daß er Euch nicht gehört;
Der Fall ist doch ganz einfach zu entscheiden:
Der Ring gehört dann keinem von Euch beiden!
Man soll ihn mir, dem Richter, übergeben,

Ihn für den Eigentümer aufzuheben.
Der Richter bürgt für ihn mit seinem Leben.
Stellt sich der rechte Eigentümer ein,
Soll er zur Strafe anzuhalten sein,
Dafür, daß er so unachtsam gewesen,
Den Ring mit zehn Dukaten einzulösen
Für meine Müh' und für Verlust der Zeit,
Auch für die Weisheit und Gelehrsamkeit,
Die ich verbraucht, den Streitfall aufzuhellen
Und diesen schweren Richterspruch zu fällen.

Benvenuto (lachend).

Ja, Du hast recht! Giovanni, gegen Dich
Ist Salomo ein armes Dreierlicht!
Hier ist der Ring — ich unterwerfe mich!

Tebaldo.

Nun denn, es sei! Ich weigere mich nicht!

Benvenuto.

Tebaldo, komm — ich biete Dir die Hand!

Tebaldo (sich abwendend).

Nicht eher geb' ich sie, als bis ich fand,
Wie dieser Ring den Weg zu Dir genommen.

Benvenuto.

Dann lebe wohl! ich warte auf Dein Kommen. (ab nach links).

IV. Auftritt. Tebaldo und Giovanni.

Tebaldo.

Sag mir, Giovanni, kennst Du seine Braut?

Giovanni.

Was? Seine Braut? Sind sie denn schon so weit?
Erst gestern hat die Lisa mir vertraut,
Daß er Fiammetta's Nachbarin umfreit.

Tebaldo.

Du meinst die Freundin, die so kurz und dick?
Die mit den Warzen und dem schiefen Blick?
Giovanni, nein, die ist ihm doch zu häßlich.

Giovanni.

Wer weiß, wohin die Liebe grade fällt!
Vielleicht liebt er an ihr das viele Geld.

Tebaldo.

Er ist ja selber reich ganz unermeßlich
Und hat sich nie viel aus dem Geld gemacht.
Es kann nicht sein! — Er hat zu viel Geschmack —
Da spielt uns Lisa einen Schabernack!
Warum? — Mir kommt ein schrecklicher Verdacht!
Ich war ja sieben lange Tage fort! —
Sie sprach auch gestern Abend kaum ein Wort,
War ernst, als ging ihr etwas durch den Sinn. —
Und er, wie Milch und Blut, so unschuldsvoll —
Er schien so fromm und blickte niemals hin —
Und alle Weiber waren doch wie toll
Auf diesen süßen, apfelfrischen Knaben!
Wenn ihm erwachte die so lang gebannte,
Die Liebesflamme, die so lange schlief?! —
Ich glaub' es nicht! — Sie liebt mich treu und tief!
Und doch! — Mein Gott, ich muß Gewißheit haben!

Giovanni.

Dort hinten kommt Fiammetta mit der Tante!

Tebaldo.

Sie kommt? — Das muß ein Wink des Schicksals sein!
Wie mach' ich's nur? Wie sprech' ich sie allein?

Hilf mir, Giovanni, Du bist so gescheidt!
Schaff' mir die alte Tante doch beiseit!

Giovanni.

Ja, wenn ich wüßt', wie das zu machen ist! —
Halt, schreibt, daß Ihr sie sprechen müßt!
Versteckt Euch, daß man hier Euch nicht erblickt. —
Ich will's versuchen, ob's vielleicht mir glückt. (Tebaldo geht hinter's Gartenhaus — Giovanni ab nach links.)

V. **Auftritt.** Isabella und Fiammetta
(kommen durch die Mitte und biegen dann im Vordergrunde nach dem Wege links ab. Fiammetta bleibt an der Bank, wo sie den Ring verlor, stehen und schweift mit den Augen suchend umher).
Später Tebaldo, Giovanni und Lisa.

Isabella.

Fiammetta, komm! Was bleibst Du immerfort
An dieser Bank so lange suchend steh'n?

Fiammetta.

Mir war's schon heute früh an diesem Ort,
Als hätt' ich etwas Blitzendes geseh'n.

Isabella.

Es könnte ein verlor'ner Soldo sein.

Fiammetta (sieht dabei suchend umher).

Es blitzte wie ein Ring, ein Edelstein.

Isabella.

Du bist noch jung, mein Kind, und siehst Brillanten
In jedem Glimmerstück mit scharfen Kanten —
Das Alter mit der Schwäche des Gesichts
Sieht nur ein Glimmerstück und weiter nichts.

Fiammetta.

Ja, es ist nichts! — Mein Ringlein ist verschwunden!
Ach Gott, wer mag es sein, der es gefunden?
(beide ab nach links).

Tebaldo (kommt hervor und sieht ihnen nach).

Was hat er vor? Ob es ihm wohl gelingt?
Dort steht Giovanni und erwartet beid' —
Wie er zum Gruß die rote Mütze schwingt —
Und tritt dabei der Tante auf das Kleid! —
Sie dreht sich um! — Fiammetta hat den Brief —
Die Tante fährt ihn an, er neigt sich tief —
Doch was ist das? Dort aus dem neuen Haus
Kommt schnell ein Maurer — stolpert — o der Wicht —
Und schüttet seinen Trog Fiammetta in's Gesicht!
O weh, wie sieht das arme Mädchen aus! —
Sie kommt hierher — das Kunststück ist vollbracht!
Das hat Giovanni wieder gut gemacht! (er versteckt sich).

Fiammetta (kommt klagend von links — ihr Schleier und Kleid ist mit Gyps beschmutzt. Die Tante und Giovanni folgen ihr).

Wie seh' ich aus! Wie schrecklich, wie entsetzlich!
Unmöglich kann ich so nach Hause geh'n!

Isabella.

Was war es denn? Wie kam es nur so plötzlich?

Fiammetta.

Wenn so beschmutzt mich fremde Leute seh'n!
Wie hat mich dieser Tölpel zugericht't —
Nein, auf die offne Straße geh' ich nicht! —

Giovanni.

Der Kerl, Madonna, hatte einen Schwipps!
Ich kenne ihn und werde ihn versohlen!

Fiammetta.

Seht her, von Kopf zu Fuß bin ich voll Gyps!

Isabella.

Mein Kind, es wird nur schlimmer durch das Reiben!
Ich gehe heim, um Kleider Dir zu holen —
Giovanni mag derweilen bei Dir bleiben.

Fiammetta.

O liebe Tante, wie Ihr gütig seid!
Doch spart' ich gerne Euch die große Müh',
Schickt Lisa mit dem Schleier und dem Kleid!

Isabella.

Ja, Du hast recht, mein Kind, ich schicke sie (ab nach links).

VI. **Auftritt.** Fiammetta, Tebaldo und Giovanni.

Tebaldo (kommt hervor und will sie umarmen).

Fiammetta, liebes Kind, ich mußt' Dich sehen!

Fiammetta.

Du machst Dich weiß, mein Freund! Nimm Dich in Acht! —
Da — sagt' ich's nicht? — Du bist so unbedacht!
(schmollend)
Jetzt sieht man, wie wir zu einander stehen!

Tebaldo (hat sie umarmt und ist auch ganz weiß geworden).

Mir scheint, es war Dir schrecklich unbequem!

Fiammetta.

Tebaldo, denk, wenn jetzt ein Fremder käm'!

Tebaldo.

Ein Fremder? Schlimmer, Einer, den Du kennst!
Am schlimmsten, wenn es Benvenuto wär!

Fiammetta.

Du sprichst so sonderbar! Wer ist der Herr?
Ich kenn' ihn nicht, den Du soeben nennst.

Tebaldo.

Der Name ist dabei auch nicht so wichtig —
Man kennt sich häufig nur incognito.

Fiammetta.

Tebaldo, Du bist doch nicht eifersüchtig?
Was hast Du nur? Ich sah Dich niemals so!

Tebaldo.

Es kann ja sein, daß ich ihn falsch verstand!
Ich bin die letzten Tage so nervös —
Verzeih' mir, liebes Kind, gieb mir die Hand!
Ich that gewiß Dir weh, sei mir nicht bös! —
(Er reicht ihr beide Hände, in die sie unbefangen die ihrigen legt.)
Wo ist der Ring? — Wagst Du noch jetzt zu sagen,
Du kennst ihn nicht, der erst vor wenig Stunden
Den Ring, den meine Mutter einst getragen, —
Wie er mir selbst gesagt — bei Dir gefunden?
Vielleicht, daß achtlos Dir der Ring entfiel —
Vielleicht ward er nach süßem Liebesspiel
Mit raschem Griffe Deiner Hand entwunden! —

Fiammetta (ernst und aufgerichtet).

Ja, ich gesteh's: der Ring kam mir abhanden
Schon gestern Abend — ich begreif' es nicht!
Das, was Du sagtest, hab' ich nicht verstanden,
Doch ahne ich der schlimmen Worte Sinn.
Tebaldo, gieb mir Antwort, kurz und schlicht:
Glaubst Du denn wirklich, daß ich treulos bin?

Tebaldo.

Ich glaub' es, ja!

Fiammetta.

Lebwohl, dann muß ich scheiden!

Tebaldo.

Ja, geh nur, geh! Doch hütet Euch, Ihr beiden!

(Fiammetta geht zögernd nach links. — Giovanni, der aus der Entfernung Zeuge des Auftritts war und lauschte, tritt zu Tebaldo und dann zu Fiammetta.)

Giovanni (zu Tebaldo).

Ich bitte Euch, Signore, geht nicht fort!
Es ist ja nur ein böses Mißverständnis. (geht Fiammetta nach, die er an der Bank trifft)
Madonna, bleibt! Ich bitt' Euch — nur ein Wort!
Er ist ja blind, ich führ' ihn zur Erkenntnis.
In diesem Anzug könnt Ihr auch nicht heim.

Fiammetta (sinkt schluchzend auf die Bank).

Mein Gott, wie bin ich jetzt so ganz verlassen!

Giovanni.

Madonna, weinet nicht! Ihr müßt Euch fassen,
Bedenkt doch: Gyps und Thränen, welch ein Leim
Für Euer Kleid!

Fiammetta.

Wär' ich doch nie geboren!

Giovanni.

Sagt mir, wo habt Ihr denn den Ring verloren?

Fiammetta.

Hier auf der Bank kann's nur geschehen sein!
Du weißt, wir blieben hier nicht lang allein,
Wir flüchteten aus Furcht vor nahen Schritten,
Da, glaub' ich, ist er meiner Hand entglitten.

Giovanni.

Und gleich nach Euch hier auf dem selben Platz
Auf dieser Bank saß dann ein zweites Paar;
Herr Benvenuto war's mit seinem Schatz.

Fiammetta.

So heißt er, den Tebaldo mir genannt.

Giovanni.

Madonna, ja! — Jetzt wird mir alles klar!
Hier war es, wo er Euer Ringlein fand —
Er muß nun glauben — o wie sind wir blind! —
Der Ring gehörte seinem schönen Kind. —
Tebaldo, dem er's sagte unumwunden,
Hingegen glaubt, daß er bei Euch gefunden. —
Doch wer ist seine Dame wohl gewesen?
Die Lisa kommt! Sie muß das Rätsel lösen.

Lisa (kommt von links mit Schleier und Kleid).

Madonna, ach, wie seht Ihr schrecklich aus!
Ich bitt' Euch, kommt in's kleine Gartenhaus —
Und schnell die reinen Kleider angezogen!

Giovanni.

Lisetta, Du hast gestern mich belogen!
Gesteh, wer Benvenuto's Freundin ist.

Fiammetta.

Bekenn's, sonst geh und rühre mich nicht an —
Ich mag kein Mädchen, das so lügen kann.

Lisa.

Giovanni, es war nur ein Späßchen gestern!
Madonna, aber daß Ihr es nicht wißt!
Wer hätt's gedacht, daß es verschwiegen bliebe,

Ein solch' Geheimnis unter lieben Schwestern:
Maria ist Herrn Benvenuto's Liebe!

Fiammetta.

Maria, dieses Kind!

Giovanni.

O weh, mein armer Herr!
Wie er es tragen mag, wenn er's erfährt!

Fiammetta.

Ja, jetzt ist alles, alles aufgeklärt!
Wer hätt's geahnt, daß es Maria wär!

Giovanni.

Ich eile, daß ich's Herrn Tebaldo sag'!

Fiammetta.

Ja, schnell! Ach, wie der Arme leiden mag!

(Während Giovanni mit Tebaldo spricht, hat Fiammetta den beschmutzten Schleier abgelegt und den reinen umgethan, auch hat ihr Lisa mit einer Bürste eilig das Kleid abgestäubt.)

Tebaldo (sitzt im Mittelgange auf einer Bank, in trüben Gedanken den Kopf gestützt, und ruft Giovanni entgegen).

Sag schnell, Giovanni, daß sie's eingestand!

Giovanni.

Nein, Bessres kann ich melden, daß der Ring
Schon gestern Abend hier verloren ging.
Herr Benvenuto war's, der Euch gestört,
Der auf der Bank den Ring Fiammetta's fand
Und glaubte, daß er seinem Schatz gehört. —
Signore, jetzt ist alles sonnenklar:
Sein Liebchen ist Fiammetta's Schwesterlein!

Tebaldo.

Maria? Wirklich, ist es denn auch wahr? —
Wie konnt ich nur so blind, so heftig sein!

Die Arme! O, wo ist sie? Ging sie fort?

(Giovanni deutet schweigend nach der Bank. — Tebaldo stürzt eilig fort und wirft sich Fiammetta zu Füßen, die ihn, wie im tiefsten Schmerze mit den Händen das Gesicht verdeckend, empfängt.)

Verzeih, Fiammetta, was ich Dir gethan!

(Fiammetta wehrt ihn ab.)

Verzeih! Ach schenk mir nur ein kurzes Wort!
Mein einzig' Lieb!

Fiammetta (nach längerem Sträuben plötzlich die Hände senkend und lachend ihm in die Haare fahrend).

Du schlimmer, schlimmer Mann!

(Tebaldo springt auf und umfaßt Fiammetta, die sich lachend wehrt.)

Fiammetta.

Tebaldo, laß mich! — Du wirst mich zerdrücken!
Mein Gott, wenn uns die Leute so erblicken.

Tebaldo.

Fiammetta, Liebste, was schert uns die Welt!
Komm her, Giovanni, gieb den Ring geschwind,
Der rechte Eigentümer hat sich eingestellt!
Zwanzig Dukaten zahl' ich statt der zehn.

(steckt den Ring an Fiammetta's Finger)

Jetzt hüt ihn wie Dein Leben, süßes Kind!

Giovanni.

Dank, tausend Dank!

Fiammetta (schüchtern an seiner Brust).

Nun, ist es denn gescheh'n?
Bist Du zu meinem Vormund heut' gekommen?

Tebaldo (sie an sich drückend).

Ja, Schatz, er hat mich freundlich aufgenommen, —
Ich hab' sein Wort!

Giovanni.

O weh, der Kapitän,
Don Testaccolta, kommt des Wegs daher!

Tebaldo.

Was? Fährt der Mensch uns wieder in die Quer?
Fiammetta, ist er denn noch nicht geheilt
Von seiner Lieb', der komische Patron?

Fiammetta.

Ich geh', die Tante wartet lange schon.

Giovanni.

Ich bitt' Euch, einen Augenblick verweilt!
Verloren bin ich, wenn Ihr mich verlaßt —
Ich glaub', er tötet mich, wenn er mich faßt.
Zu schmerzhaft war der ihm gespielte Streich,
Doch alles, was geschah, that ich für Euch!
Jetzt laßt in meiner Not mich nicht allein,
Beruhigt ihn, gebt ihm ein Stelldichein!

Tebaldo.

Giovanni, Du warst immer treu und tüchtig —
Wir sind ihm Hilfe schuldig, liebes Herz!

Fiammetta.

Nun gut, dann komm, doch sei nicht eifersüchtig!
Bedenke wohl, es ist ja nur ein Scherz.

(Fiammetta, Tebaldo und Lisa eilen hinter das Gartenhäuschen. Giovanni geht dem Kapitän entgegen und empfängt ihn mit tiefer Verbeugung.)

VI. **Auftritt.** Testaccolta und Giovanni, dann Fiammetta, und Tebaldo mit Lisa.

Testaccolta (faßt Giovanni mit fester Hand am Kragen und schleift den Ueberraschten einige Schritte fort).

Ich suchte Dich, mein Bürschchen, komm mal mit!

Giovanni.

Was wollt Ihr thun? Ich bitt' Euch, laßt mich los!

Testaccolta.

Mein Jüngelchen, die Schuld ist gar zu groß,
Sie läßt mir keine Ruhe, bis wir quitt.

Giovanni.

Ich habe einen Auftrag, Herr Kap'tän!

Testaccolta.

Zuerst die Schuld!

Giovanni.

Ich bitt' Euch, laßt mich gehn!

Testaccolta.

Ja gleich, mein Freund, nur einen Augenblick!
Du wirst schon Deinen Auftrag nicht vergessen.
Ich sehe dort ein trefflich' Lattenstück,
Um meine Schulden damit abzumessen —
Ich zahl' nach Pflicht und Recht, dann magst Du sprechen.

Giovanni leidenschaftlich auffahrend, aus dem Gürtel ein Messer reißend, mit hocherhobener Hand).

Los, sag' ich, los!

Testaccolta.

Was, Schlange, willst Du stechen?
(läßt ihn fahren, reißt blitzschnell den Degen heraus: Giovanni springt seitwärts in's Gebüsch).

Fiammetta (hat mit den andern den Auftritt vorsichtig beobachtet, tritt mit lautem Schrei hervor).

Um Gotteswillen, was soll das bedeuten?
Ein solcher Lärm vielleicht vor fremden Leuten!

Testaccolta (steckt den Degen ein und tritt erstaunt hinzu).

Fiammetta, Bäschen, hier allein im Garten?

Fiammetta.

Hat Euch Giovanni Botschaft nicht gebracht,
Daß wir seit einer Stunde auf Euch warten?

Testaccolta.

Verzeiht, ich habe nichts davon vernommen!

Fiammetta.

Ihr ließet ihn ja nicht zu Worte kommen!
Was habt Ihr mit dem Armen nur gemacht?

Testaccolta.

Ein Taugenichts, von seinem Herrn verwöhnt,
Ein Flegel ist er, der mich frech verhöhnt,
Ein Beutelschneider, der mit Messern sticht —
Verloren war er, kamt Ihr nicht dazwischen,
Er soll mir nicht zum zweiten Mal entwischen!

Fiammetta.

Ihr kennt ihn nicht! Er that nur seine Pflicht —
Er ist doch so verständig und geschickt!

Testaccolta.

Ja, manch ein Schabernack ist ihm geglückt,
So gestern Nacht mein Tantenabenteuer.

Fiammetta.

Wahrhaftig, ich war hier zum Stelldichein —
Doch schien mir's gleich im Anfang nicht geheuer —
Die Tante kam, nahm meine Stelle ein —
O, ich begreif' es nicht, durch welche List
Es ihr gelungen ist, den Brief zu lesen,
Doch wißt Ihr selbst, wie schlau die Tante ist.

(Beide haben auf der Bank am Häuschen Platz genommen).

Testaccolta.

Was, Bäschen, seid Ihr wirklich hier gewesen?

Fiammetta.

Ich schwör' es Euch! Ich saß auf jener Bank!

Giovanni ging, um Euch zu mir zu bitten —
Ich eilte fort, aus Furcht vor fremden Schritten.

Testaccolta (küßt ihr feurig die Hand).

Hab' Dank, Fiammetta! Heißen Herzensdank!
Dann thut mir's um Giovanni wirklich leid, —
Der arme Kerl!

Fiammetta.

Ich kam zu rechter Zeit —
Giovanni's Leben hing an einem Fädchen.

Testaccolta (immer feuriger werdend).

Er dankt es Euch, Fiammetta, süßes Mädchen!
Mein Schutzgeist Du, mein Engel mild und licht.
(zieht sie an sich).

Fiammetta (sich sträubend).

Um Himmelswillen, Vetter, nicht so dicht!

Testaccolta (sie fester umschlingend).

Du Einzige, die ich geliebt auf Erden!
Fiammetta, süßes Kind, sei mein! Sei mein!
Laß uns verbunden endlich glücklich werden!
Sei mein, sei mein!

Fiammetta (sich losmachend und aufstehend).

O laßt mich, laßt mich — nein!
Wie kann man, Vetter, nur so unverständig sein —
Es ist ja doch noch heller, lichter Tag.
Wenn uns hier Fremde sähen — denkt doch nach!
(Tebaldo ist im Laufe der Unterhaltung immer näher heran gekommen, um zu lauschen. Er steht, den Zuschauern zugekehrt, an der vorderen Seite des Häuschens, nur mühsam in stummem Spiel von Lisa zurückgehalten).

Testaccolta.

O komm, o komm!

Fiammetta.

Nein, gebt mir Euer Wort,
Daß Ihr vernünftig seid, sonst geh' ich fort!

Testaccolta.

Komm, setz Dich wieder! Ich will's gern versprechen.

Fiammetta (setzt sich).

Nun gut, Ihr werdet Euer Wort nicht brechen.

Testaccolta.

Mein liebes Kind, verzeiht, daß ich im Uebermaß
Der Liebe und des Glückes mich vergaß!
Kenn' ich doch Eure eigene Empfindung
Und weiß, mit welcher schweren Ueberwindung
Ihr Euch bemühet, ruhig zu erscheinen;
Gestattet denn, daß ich sogleich die Schritte
Beim Vormund thue, um uns zu vereinen —
Daß ich noch heut' um Eure Hand ihn bitte!

Fiammetta (in großer Verlegenheit).

Beim Oheim Gino sagt Ihr? — Heute noch? —

Testaccolta (in die Ferne nach links deutend).

Fiammetta, seht, das ist kein Zufall mehr:
Der Gott der Liebe führt ihn zu uns her!
Ich bitt' Euch, süßes Bäschen, kommet doch —
Wir wollen beid' vereinigt zu ihm gehen.

Fiammetta.

Unmöglich, Vetter, das kann nicht geschehen!

Testaccolta.

O kommt!

Fiammetta.

Der Oheim ist ja nicht allein!

Testaccolta.

Ich bitt'!

Fiammetta.

Mir scheint's auch, passend nicht zu sein.
Vielleicht hat er schon über mich verfügt —
Denkt, die Verlegenheit, in die ich käme!

Testaccolta.

Seid überzeugt, daß nichts ihm ferner liegt.
Fiammetta, kommt!

Fiammetta.

Mein Gott, wie ich mich schäme! —
Geht zu ihm hin und fragt! Ich bleibe hier! —
Doch, Vetter, noch ein Wort: Versprecht Ihr mir,
Daß keinen Ihr's entgelten lassen wollt,
Falls er Euch meine Hand versagen sollt'?

Testaccolta.

Habt keine Angst! Wie kommt Ihr nur darauf?

Fiammetta.

Gebt Euer Ehrenwort!

Testaccolta.

Ich schwör' es Euch!

Fiammetta.

Dann geht! Das Schicksal habe seinen Lauf!

Testaccolta.

Ich bitt' Euch, bleibet hier! — Ich hol' Euch gleich!

(Testaccolta geht nach links, den von dort kommenden Gino und Benvenuto entgegen. Fiammetta hinter das Häuschen zu Tebaldo und Lisa. In großer Eile wird Lisa mit dem Schleier Fiammetta's, der schnell vom Gyps gereinigt wird, bekleidet. Lisa nimmt dann auf der Bank Platz. — Es ist Abend geworden: Der Himmel strahlt im Abendrot.)

VII. **Auftritt.** Gino und Benvenuto.
Testaccolta, dann Isabella, Maria, Fiammetta, Tebaldo,
Lisa und Giovanni.

Gino (kommt mit Benvenuto im Gespräch).

Nun, kurz und gut, wie ich Euch schon gesagt:
Mein Freund, Ihr habt das große Loos gezogen.
Ich traf den Vormund und hab' ihn gefragt —
Er kennt Euch schon und ist Euch wohl gewogen.
Ich sah Maria! Sie ist schön und gut,
Auch sehr vermögend und aus edlem Blut.

Benvenuto.

O lieber Meister, habt Ihr sie gesehn?
Saht Ihr ein Mädchen je so rein und schön?

Gino (mit leisem Seufzer).

Mein Freund, Ihr habt ein namenloses Glück!
Schenk' Euch der Himmel seinen reichsten Segen!

Testaccolta.

Ein Wort vergönn mir, Vetter, im Vertrauen!
Verzeiht, Herr Benvenuto, einen Augenblick!

Gino.

Mein Benvenuto, geht den beiden Frauen,
Der Tante und Maria nur entgegen!
Führt sie hierher! — Kap'tän, ich bin bereit! —
Du blickst so ernst, als ging's zur Trauerfeier.
(Benvenuto ist links abgegangen.)

Testaccolta.

Ja, Vetter, als ein hochbeglückter Freier —
Dir ist ja meine Liebe längst bekannt —
Komm' ich zu Dir in aller Förmlichkeit,

Um Dich zu bitten um Fiammetta's Hand!
Ich bin am Ziel, sie hat ihr Wort gegeben.

Gino (erstaunt).

Ihr Wort?

Testaccolta.

Ja, lieber Freund, soeben!

Gino.

Fiammetta gab ihr Wort? Das kann nicht sein!
Unmöglich, Vetter!

Testaccolta.

Ei, was fällt Dir ein?
Bezweifelst Du mein Wort?

Gino.

Nein, lieber Vetter!
Doch könnt's ein Irrtum sein.

Testaccolta.

Zum Donnerwetter!
Ein Irrtum, daß sie ihre Hand mir giebt?
Bin ich ein Mummelgreis, ein blöder Thor?

Gino.

Ich zweif'le nicht daran, daß sie Dich liebt!
Doch sprach ein Andrer heut' schon bei mir vor,
Ein mir bekannter, junger Edelmann,
Und hielt in allen Ehren um sie an.
Er hat mein Wort!

Testaccolta.

Dein Wort? Das ist ja eigen!
Wie heißt er denn?

Gino.

Vorläufig möcht' ich schweigen!

Testaccolta.

Und sie, sie liebt ihn?

Gino.

So hat er erzählt!

Testaccolta.

Nun gut, ich will nicht weiter in Dich dringen.
Er prahlt, der Wicht! Ich will Fiammetta bringen,
Sie soll Dir sagen, daß sie mich erwählt!

(Er geht zum Häuschen, spricht leise zu Lisa, die er für Fiammetta hält und führt sie langsam im Triumphe nach links, wo Gino die ankommenden Isabella, Maria und Benvenuto begrüßt.)

Gino.

Da seid Ihr ja!

Maria.

O Onkel, dieses Glück!

(fliegt Gino an den Hals)

Gino.

Maria, liebes Kind! — Nun, Schwester, sage mir:
Hab' ich es gut gemacht? Gefällt er Dir?

Isabella.

Ja, lieber Gino, auf den ersten Blick!

Benvenuto.

Soeben, Meister, mußt' ich erst erfahren — —

Gino (ihn unterbrechend).

Schweigt, lieber Freund, laßt allem seinen Lauf —
Ich will es gern Euch später offenbaren.
Jetzt kommt die größte Ueberraschung, merket auf!

Testaccolta (ist herangekommen und stellt feierlich Lisa als Fiammetta vor).

Jetzt sprich!

Gino.

Nun, liebes Kind, triff Deine Wahl!
Sag's frei heraus, willst Du ihn zum Gemahl?

Lisa (halb vom Schleier bedeckt, sodaß sie, da sie von gleicher Größe und Figur ist, für Fiammetta genommen werden muß — mit verstellter Stimme).

Ach ja, wenn er mich will, von Herzen gern!

Testaccolta.

Fiammetta, süßes Kind! (will sie umarmen)

Isabella (wirft sich zwischen beide).

Halt, bleibet fern!
Bezaubert hat er sie, o glaubt ihr nicht!
Fiammetta? (nimmt ihr den Schleier zurück und erkennt Lisa. Mit lautem Schrei:)
Ah! — O seht ihr in's Gesicht!
Er will die Lisa, unser Mädchen, frei'n!

Testaccolta.

Ha, wieder eine von den Teufelei'n! —
Wer hat sich das erlaubt? Das fordert Blut!

Gino (nimmt ihn beiseite, halblaut).

Mach' keinen Unsinn, Vetter, sei gescheidt!
Schweig still, wenn es auch schändlich wehe thut! —
Hab nur Geduld, es kommt schon Deine Zeit,
Und kommt sie nicht, zeig Dich als ganzen Mann:
Trag's klug und stolz, daß keiner lachen kann.

(Während der Unterredung Gino's mit Testaccolta kommen Tebaldo und Fiammetta und gesellen sich fröhlich scherzend zu Benvenuto, Maria und Isabella. Auch Giovanni tritt aus dem Gebüsch und umarmt Lisa.)

Testaccolta (mit unterdrückter Wut).

Ja, Vetter, ja — Du hast gut sprechen
Bei andrer Leute Zähnebrechen,

Doch bei den eignen Schmerzen sicherlich
Läßt Dich der ganze Weisheitskram im Stich.
(Er blickt auf und sieht, wie Benvenuto und Maria sich verstohlen küssen)
Da, Vetter, sieh! Der blöde, junge Fant,
Dem Du die Kunst der Liebe beigebracht,
Er scheint ja mit Maria sehr bekannt:
Sieh, wie die Kleine ihm entgegen lacht —
Sie ist ihm gut — er hält sie eng umfangen —
Jetzt küßt er sie verstohlen auf die Wangen. —
Nein, sieh nur hin, das find' ich doch zu toll,
Daß Du Dir selbst die größte Mühe giebst,
Um ihn zu lehren, wie er's machen soll,
Um tückisch Dir zu stehlen, was Du liebst. —
Geh hin, zertritt ihn, töte ihn, den Frechen! —
Jetzt wirst Du doch nicht mehr von Weisheit sprechen? —

Gino (in großer Bewegung, dann stolz gefaßt).

Mein Freund, es ist ein großer Schmerz für mich,
Doch ich versuch' es, ihn als Mann zu tragen.
Verriet' ich mich durch Wüten oder Klagen,
Dann machte ich mich selber lächerlich!

Testaccolta.

Das sagst Du, Vetter? — Ich bewund're Dich! —
Ja, Meister Gino, Du hast recht fürwahr! —
Geh mir voran, die Weisheit mag mich führen! —

Gino.

Dann will ich Dir sogleich ein junges Paar,
Herrn Benvenuto und Maria, präsentieren.
(Benvenuto und Maria treten heran)

Testaccolta.

Nehmt meinen Glückwunsch!

Fiammetta (kommt vorwärts und steht gebeugt mit bittend aufgehobenen Händen vor Testaccolta).

Vetter, o verzeiht!
Ein Andrer kam beim Oheim Euch zuvor —
Denkt an den Schwur, den ich Euch abgenommen!

Testaccolta (mit großer Würde).

Mein liebes Kind, ich weiß, was ich beschwor!
(Fiammetta legt anmutig scherzend die Arme um seinen Nacken und küßt ihn)
Mich freut's, Tebaldo, sehr, daß Ihr es seid.
Als lieben Vetter heiß ich Euch willkommen.
(giebt Tebaldo die Hand)

Isabella (umarmt Gino in weicher Stimmung).

Mein lieber Gino, hab mit mir Geduld,
Du wirst schon seh'n — —

Gino (sie unterbrechend).

Still, Isabella, still! —
Ich weiß, ich hatte oft allein die Schuld.

Giovanni (kommt mit Lisa).

Da niemand sonst die arme Lisa will,
Nehm' ich sie als mein Eheweib in Hut.

Gino.

Nimm sie, Giovanni, sie ist treu und gut! —
Und nun, Ihr Lieben alle, kommt nach Haus!
Kühl weht die Luft im Hauch des Abendtau's. —
Ein frohes Fest beschließe diesen Tag!
Und an des Herdes hellem Flackerfeuer
Im Fluge muntrer Plaudereien mag
Uns Allen noch einmal vorübergleiten
Was uns des Zufalls bunte Abenteuer,
Des Lebens launenhafter Traum, gebracht —

Dies leichte Spiel voll Unwahrscheinlichkeiten,
Als hätt' ein Kobold lachend es erdacht. —
Und wenn der Schelm, hört mich, Ihr jungen Paare
Euch böse Streiche spielt im Lauf der Jahre,
Wenn Euch des Schicksals Sturm entgegen weht:
O haltet Euch nur fest bei beiden Händen,
So wie Ihr jetzt in Lieb' vereinigt steht,
Dann muß sich Alles Euch zum Heile wenden —
Das höchste Glück wird treuer Liebe Lohn!
Dies sei der Liebe letzte Lektion! — —

Ende.

CPSIA information can be obtained
at www.ICGtesting.com
Printed in the USA
LVHW100318101222
734929LV00004B/304